DESCENDANCE
TOME I : LA CONFRÉRIE DU PASSÉ

Olscar Borcan

Descendance

Tome I
La Confrérie du Passé

Edition : BoD - Books on Demand
12/14 rond-point des Champs Elysées
75008 Paris
Imprimé par BoD – Books on Demand, Norderstedt
ISBN : 9782322233342
Dépôt légal : Juin 2020

Le plus grand des accomplissements de la science du XX ème siècle fut
la découverte de l'ignorance humaine... (Thomas Lewis)

PROLOGUE

Une réunion de la plus haute importance se déroulait dans une vaste pièce close qui baignait dans une pénombre mortifère. Les personnes présentes à cette réunion représentaient les plus hautes instances de ce consortium. Les problématiques que posait Gaialinea, appelée plus communément Terre, ne représentaient jusqu'à présent qu'un insignifiant grain de sable sur l'échelle de leurs préoccupations.

Mais ce grain de sable était en train de se transformer en caillou et s'ils ne faisaient pas rapidement quelque chose, il risquait de devenir un rocher.

L'androgyne qui avait pris la parole et qui s'adressait au consortium se prénommait Eldmanaym, il n'avait qu'une seule et unique pensée : réussir à résoudre un problème sur lequel tous les autres avaient échoué. Cette réussite lui garantirait à coup sûr le poste suprême, vacant depuis près d'un siècle : celui de Regastral.

— Messieurs, on vient de m'informer que l'on a trouvé la trace de l'objet dérobé par le passé. Cet objet se trouve dans le continuum Gaialinea. Vous connaissez tous l'incidence que pourrait avoir cet objet s'il venait à être assimilé par un individu. Même si les chances que cela puisse arriver sont infinitésimales, nous ne pouvons courir ce risque. Pour le bien de notre civilisation, je vous demande de voter pour une intervention immédiate afin de récupérer cet objet et d'éliminer toute personne ayant été en contact avec celui-ci.

Les douze consuls qui composaient le consortium acquiescèrent de la tête, montrant leur total accord. La confirmation par voie télépathique valida cette décision.

Malgré cette apparente unanimité, en réalité, Krejlien, un des douze consuls, avait été contraint d'accepter cette proposition en contradiction avec ses valeurs et ses idées. Mais dans l'immédiat, il ne pouvait en aucun cas prendre le risque d'attirer l'attention sur lui.
Eldmanaym poursuivit son petit laïus :

— Puisque la décision est unanime et pour ne pas perdre de temps, je me suis permis de devancer votre accord. En faisant appel à notre élite pour mener à bien cette mission.

Et sur cette phrase, la porte s'ouvrit, laissant entrer une dizaine d'hommes armés.

— J'ai sélectionné moi-même l'unité d'élite qui est devant vous. Ces hommes rempliront cette mission avec succès, je m'en porte garant.

Les hommes expérimentés qui composaient l'unité d'élite avaient tous subi une modification de leur cortex cérébral. Ils étaient maintenant démunis de la fonction la plus humaine qui soit, celle de la compassion. Et afin de s'assurer de la complète dévotion de ces hommes, un petit ajout processoral avait été greffé à leur insu dans leur cerveau.

Krejlien se demandait s'il avait eu raison d'accepter cette proposition. N'aurait-il pas mieux valu faire opposition au vote et espérer que certains consuls se joignent à lui ? Mais des bruits de couloir laissaient entendre qu'Eldmanaym n'attendait que cela pour prendre le pouvoir, qu'il avait réussi à faire passer une loi obligeant les militaires à subir cette intervention chirurgicale. Krejlien ne connaissait pas le pourcentage d'unités déjà opérées, mais cela ne laissait rien présager de bon pour l'avenir.
Eldmanaym prit un ton solennel pour s'adresser aux soldats :

— Messieurs, nous comptons tous sur vous pour mener à bien cette mission. Nous mettons à votre service nos dernières technologies temporelles que nous avons développées dans nos laboratoires. Vous avez carte blanche en termes d'élimination : chaque humain ayant eu un contact avec le cristal doit être immédiatement éliminé. Ce cristal est primordial pour l'équilibre de notre civilisation, car il n'est pas tolérable qu'un groupe de décideurs puisse nous trahir et mettre en danger tout ce que nous avons construit. La mission débute dès que vous aurez quitté cette pièce, et ne vous représentez pas à cette assemblée sans ce cristal.

Chaque soldat mit un genou en terre, la main gauche dans le dos, le poing droit au sol et la tête levée pour montrer leur totale obéissance, et ils prononcèrent leur devise :

— Corps et esprit ne font qu'un avec notre nation et mourir nous le pouvons.

Eldmanaym fit un signe de la main et les hommes se levèrent pour quitter la pièce. Il jouissait dans son for intérieur de voir son plan se dérouler à la perfection, car plus rien ne pouvait venir maintenant contrer son ascension.

CHAPITRE I : L'accident

Un de ses souvenirs récurrents, qui lui revenait sans cesse quand il fermait les yeux, était celui de la voiture sortant de la route, son père braquant le volant vers la gauche tout en pestant contre ce sanglier planté en plein milieu de ce virage corse. Que pouvait bien faire cet animal à cet endroit?

Les vacances d'été touchaient à leur fin. Ses parents avaient loué dans les hauteurs de Propriano une magnifique villa qui appartenait à un diplomate de leurs amis. Une villa qui avait réussi à échapper au sport national corse : le plasticage.

Cette demeure était composée d'une magnifique piscine et d'un accès à une superbe plage au sein d'une crique restée sauvage.

Sa famille ne se lassait pas, chaque soir, de regarder le coucher de soleil sur la mer Méditerranée après le repas mijoté par leur cuisinière, composé de spécialités locales pour le bonheur de leurs papilles.

Suite à un message de la veille au soir leur demandant de rentrer au plus vite, ils étaient sur la route du retour afin de prendre l'avion à l'aéroport d'Ajaccio pour rejoindre le continent.

Il était un peu déçu de devoir rentrer une semaine plus tôt que prévu, mais ces deux semaines passées en famille avaient été vraiment géniales.

Albot regardait la route et le ravin par la fenêtre. Il se retourna rapidement en direction de sa sœur qui s'était mise à pleurer et à crier en voyant cette foutue bête.

La voiture était partie en tête-à-queue, poursuivant sa course dans un dérapage incontrôlé avec pour seule destination : le vide.

Son père essaya tant bien que mal de retrouver un semblant de contrôle du véhicule, en tournant ou en braquant le volant, mais sans succès. Le crissement des pneus amplifiait la peur qui les submergeait.

Puis le bruit cessa d'un seul coup, comme on coupe le son d'une chaîne hi-fi ou d'un film durant son visionnage. Pendant un court laps de temps, ils se regardèrent tous, surpris par ce silence, et restèrent figés comme des statues.

Même sa sœur, qui n'avait pas arrêté de crier depuis l'apparition de cet animal, se tut.

La voiture avait terminé sa route dans un arbre qui avait poussé au gré des vents. Un arbre penché au-dessus d'un profond précipice, près duquel on pouvait apercevoir, en contrebas, une rivière. La moitié du véhicule sur le tronc de l'arbre et l'autre moitié pratiquement dans le vide.

Ils pensèrent s'en être tirés à bon compte, avec en tout et pour tout une grande frayeur familiale. C'était une histoire à raconter à leurs amis, une mésaventure de fin de vacances qui finissait bien. La comparaison qui lui vint à l'esprit était l'avion qui amorce sa descente, avec ce bruit de pompe hydraulique résonnant dans tout l'appareil pour sortir ce foutu train d'atterrissage. La plupart des passagers se passent un scénario catastrophe et prient pour sortir de ce cauchemar.

Et d'un coup, le bruit caractéristique du circuit de pression d'huile en plein travail se fait entendre. On peut alors apercevoir sur leur visage un certain sourire qui en dit long sur le niveau de stress. Un sourire qui exprime un certain soulagement et toute la gratitude pour leurs prières entendues. Comme pour les passagers de l'avion, l'intensité des regards en disait long sur leur frayeur. Et, comme pour conjurer ce sort qui s'abattait sur leur famille, ils se mirent à sourire.

Il régnait dans l'habitacle du véhicule une certaine sérénité et une certaine joie tandis qu'ils croyaient avoir réussi à échapper, cette fois-ci, à la Faucheuse.

Mais apparemment, le destin avait d'autres projets plus funestes.

L'arbre, qui avait réussi à pousser à un endroit si peu propice et si inconfortable du fait de la nature du terrain, se mit à légèrement bouger, presque imperceptiblement, mais suffisamment pour casser l'équilibre précaire de la balance de la vie. Il était le dernier rempart qui les séparait d'une mort certaine.

La voiture accompagna le mouvement de cette nouvelle secousse et bascula dans le vide, brisant ainsi le lourd silence qui s'était installé, leur rappelant les montagnes russes d'un parc d'attractions. Avec cet effet de vitesse et de précipitation dans le vide.

La chute dura quelques secondes, suffisamment pour voir sa vie dérouler devant ses yeux comme une bobine de film qui tourne à vitesse rapide. Bobine pour laquelle nous sommes seuls capables de comprendre et de traduire les scènes qui s'y déroulent.

La mère se retourna et rompit le silence pour lui dire cette dernière phrase, dont il ne comprit pas le sens :

— Seuls nos élus pourront les sauver. Ne te sépare jamais du cristal.

Son père s'était également retourné, pour sourire à sa sœur avant de le dévisager et de lui dire d'un ton plus que solennel :

— Prends bien soin de ta sœur, Albot !

Sa sœur qui criait à tue-tête qu'ils allaient tous mourir, son père cherchant désespérément un objet dans sa poche, sa mère répondant qu'il était trop tard.

Le véhicule toucha une première fois le sol rocailleux trente mètres plus bas avant de rebondir tel un ballon, accompagné du bruit de la tôle froissée, du verre cassé, de l'airbag qui se gonfle à la vitesse du son, mélangé à des cris stridents.

Comment garder un semblant de concentration ? Dans cette succession de tonneaux, ils poursuivirent leur interminable descente vers une mort certaine.

Tout son corps était ballotté de gauche à droite, le siège conducteur devant lui avait écrasé une de ses jambes et sa tête avait à plusieurs reprises frappé la vitre côté passager.
C'est alors qu'il aperçut une sorte de lueur, comme un flash venant éclairer ses pupilles, avant de s'évanouir après un dernier choc à la tempe.

CHAPITRE II : Seul au monde

Combien de temps était-il resté inconscient ? Il ne le savait pas, il avait du mal à se rappeler où et comment il en était arrivé là.

Il ouvrit lentement une paupière, mais la seconde, malgré l'ordre de s'ouvrir, persista à rester fermée. Il ne voyait plus que de son œil droit.

Affalé sur un rocher, il essaya de jauger la gravité de ses blessures. Car hormis son œil, il avait une douleur insupportable à la jambe droite, et son épaule gauche s'était retournée.

Une douce chaleur de liquide coulait le long de sa joue. Et il n'arrivait plus à bouger ni à émettre le moindre son.

Son attention fut attirée par un bruit d'eau et de gargouillis, et quand il essaya de se redresser malgré la douleur, ce fut pour assister, totalement impuissant, à une scène digne d'un film d'horreur. Leur voiture s'enfonçait lentement dans la rivière avec ses parents sans connaissance à l'intérieur. Il n'apercevait plus sa sœur. Mais elle devait sûrement être couchée sur le siège arrière.

Ses forces l'abandonnèrent tandis qu'il essayait de se lever pour leur porter secours, et il finit par perdre connaissance… Il revint de nouveau à lui avec une nouvelle perte de repères et de notion du temps. Le soleil était maintenant à son zénith, indiquant un horaire probable aux alentours de midi. Et la douleur qui s'ensuivit lui fit très rapidement se rappeler ce qui lui était arrivé.

Non loin de lui, des corbeaux jetant des croassements de mauvais augure le fixaient de leurs yeux rouges avec pour seule envie : gober les siens. Albot aperçut également deux sangliers sauvages qui mâchaient des vêtements éparpillés un peu partout et un sac en cuir qui avait dû être éjecté de la voiture comme lui.

On disait que ces bestioles étaient capables d'avaler n'importe quoi, même des roues de voiture si l'occasion s'en présentait. Le garçon était dans un état d'impuissance, incapable de bouger.

La voiture n'était plus visible, elle avait disparu dans la rivière avec sa seule et unique famille à l'intérieur. Des larmes lui montèrent aux yeux, accompagnées d'une douleur insoutenable provenant de son œil gauche.

Il sentit un bec venir taper sur sa jambe qui saignait, mais impossible de sortir le moindre son de ses cordes vocales, ce qui lui aurait permis de hurler sa douleur et par la même occasion de faire fuir ces charognards dignes d'un film d'Alfred Hitchcock. Il se sentait faible et une fois de plus complètement impuissant face à tout ceci.

Ses neurones tournaient à plein régime afin de trouver une solution pour se sortir de ce guêpier. Les remontrances de sa mère lui revinrent alors à l'esprit, elle l'avait maintes fois sermonné sur le fait qu'il risquait de ne pas pouvoir lui donner des petits-enfants s'il s'obstinait à mettre son téléphone portable dans la poche de son jean. Il se demandait si son téléphone portable était encore en état de marche ou bien s'il avait rendu l'âme.

Après plusieurs tentatives, qui lui semblèrent durer une éternité, il finit par le retirer de sa poche. L'écran noir avait subi un impact. Il appuya sur le bouton marche de l'appareil en priant et en se promettant de brûler un cierge au format magnum s'il réussissait à l'allumer et à sortir de cette galère.

Le son reconnaissable de démarrage de son téléphone fit immédiatement fuir ces vautours européens. Mais allait-il pouvoir composer le code PIN d'un seul œil et sur un écran à moitié fêlé ?

L'un des sangliers, d'une centaine de kilos, afficha son mécontentement en tapant lourdement sa patte sur le sol, tête en avant et en le menaçant lourdement de ses défenses affûtées. Il ne lui fallut pas longtemps avant de charger.

De mémoire, certains sangliers sauvages sont carnivores, ou bien était-ce juste la peur qui lui faisait imaginer des choses ?

L'animal stoppa net à un mètre de sa tête, émit un son strident et le renifla. L'odeur du sang qui émanait de sa plaie avait l'air d'attirer sa curiosité. Le blessé ne savait pas quoi faire, des larmes d'impuissance lui vinrent aux yeux. Et d'un coup, le sanglier se retourna, car un second sanglier – qui devait être une laie – l'avait interpellé. Il émit un nouveau "groin groin", puis partit la rejoindre et disparut dans le maquis corse.

Albot put enfin revenir à son problème de téléphone, car pour le moment il en était toujours au même stade. Son premier essai fit apparaître un message d'erreur rouge suivi d'un message indiquant " deux tentatives restantes ".

La douleur, devenue insoutenable, le faisait transpirer, accentuant sa peur de bloquer l'appareil. Plus qu'une chance pour sortir vivant de ce ravin.

Il fallait absolument qu'il retrouve un peu de calme pour réussir à taper ce foutu code à quatre chiffres.

Il avait, par moments, des troubles de la vision. Ajoutons à cela la sueur qui brûlait son unique œil capable de s'ouvrir. Taper sur les touches tactiles du téléphone avec la main qui le tient et faire attention au chiffre qui n'apparaît que quelques secondes n'était pas une chose facile.

Mais on ne sait par quel miracle, l'appareil démarra, l'invitant à se connecter sur le réseau de son opérateur téléphonique via un code de déverrouillage. Heureusement qu'il avait gardé le code basique d'origine de quatre zéros.

Une barre de réseau ! En bas de ce précipice, les ondes de l'émetteur avaient du mal à passer. Mais cela était suffisant pour appeler. Était-il capable de se rappeler le numéro des secours ? Son cerveau était complètement embrumé et ramolli.

C'est alors qu'il eut un flash. Il avait téléchargé des applications représentées par des grosses icônes, dont l'une permettait d'appeler le poste de police le plus proche via sa géolocalisation.

Il appuya sur l'icône d'appel d'urgence, mit son téléphone sur haut-parleur, et après quelques sonneries, le message signalant que la conversation serait enregistrée déboucha sur une voix indiquant que toutes les lignes étaient occupées, qu'il fallait attendre ou bien rappeler plus tard.

Après quelques minutes qui lui parurent une éternité, une voix féminine se présenta pour lui demander la raison de son appel. En état de choc, il fut dans une incapacité totale de sortir la moindre syllabe, et commença à paniquer. La voix dans l'appareil insistait, avec un "allô" de plus en plus insistant, ce que l'on pouvait déduire de son intonation.

Après une énième tentative de prononciation, il finit par réussir à sortir le seul mot qui lui vint à l'esprit : " Secours !" La personne au bout du fil comprit immédiatement l'urgence de l'appel et lui demanda de ne pas raccrocher afin de pouvoir le localiser. Mais avec tout cet effort et cette énergie, il perdit de nouveau connaissance.

Quand il ouvrit son unique œil valide, il vit des gens s'agglutinant autour de lui telles des fourmis autour d'un pot de miel. Enveloppé dans une coquille, avec une minerve autour de son cou, il était   sous perfusion. On lui posait des questions qu'il était incapable de comprendre et d'interpréter.

De toute façon, ses cordes vocales étaient trop douloureuses pour prononcer le moindre mot.
Il entendit le bruit de l'hélicoptère stationnant au-dessus de lui, avant de se sentir soulevé dans les airs. Ce fut la dernière chose qu'il saisit avant le trou noir qui suivit.

CHAPITRE III : Le réveil

Après environ quatre semaines de coma, le réveil à l'hôpital fut assez douloureux aussi bien physiquement que moralement. Opéré et plâtré, Albot était incapable de s'alimenter tout seul et on l'assistait pour tous les actes les plus basiques de la vie courante.

Les réponses concernant sa famille l'avaient effondré. Seuls les corps de ses parents avaient été retrouvés. Celui de sa petite sœur restait introuvable, et ce malgré le drainage pendant plusieurs jours de la rivière par des plongeurs de la gendarmerie nationale.

D'après les gendarmes, il avait eu une chance inouïe d'avoir été éjecté de la voiture au moment même où celle-ci tombait dans le précipice.

L'hypothèse la plus probable était que sa ceinture de sécurité avait été mal bouclée, que sa portière s'était ouverte lors du choc avec le sol, et qu'il avait été éjecté hors du véhicule lors d'un des nombreux tonneaux. Tout ce dont il était capable de se souvenir et dont il était sûr, c'était que ses parents n'auraient jamais conduit une voiture avec des enfants non attachés. Ils étaient très attentifs à tout ce qui concernait la sécurité de leurs enfants et la sécurité dans la voiture arrivait en tête de la liste.

De plus, cette voiture était neuve et équipée de toutes les options et de tous les gadgets que son père s'était empressé de prendre : airbags avant, arrière, latéraux, détection de ceinture non attachée et de porte mal fermée, GPS, direction assistée, toit ouvrant, roue anti-crevaison. C'était la première voiture connectée à Internet via un ordinateur embarqué connecté au serveur se trouvant chez lui.

Son père avait expliqué à sa mère que tout cela venait en série et qu'il n'y avait pas de coût supplémentaire ; qu'avec tout ça, les enfants seraient en sécurité.

Il était donc inconcevable que son père n'ait pas été alerté par l'électronique embarquée dans cette navette spatiale à quatre roues, une aimable voix féminine n'aurait pas manqué de lui signaler des ceintures arrière non bouclées, appuyée par la voix plus ferme de sa mère pour leur redire de boucler leur ceinture.

En y pensant, la voiture aurait même tout simplement refusé de démarrer avec une porte ouverte…

Le garçon s'en sortait avec une double fracture du tibia droit, un déboîtement de l'épaule gauche, trois côtes fêlées, sans oublier des contusions et des hématomes un peu partout sur le corps, le tout accompagné d'une opération chirurgicale pour son œil gauche : suite à l'impact de son crâne contre une souche d'arbre, le nerf optique avait été touché.

On avait réussi à sauver son œil, mais il avait perdu une partie de sa vue. Il se trouvait ridicule avec sa coque, qui ressemblait à un cache-œil comme dans les vieux films de pirates.

Les pronostics des médecins étaient assez réservés et pessimistes. Nul ne pouvait dire s'il allait retrouver complètement la vue à moyen ou à long terme.

À son réveil, un inspecteur de police vint l'interroger.

Il avait essayé d'expliquer qu'il avait bien bouclé sa ceinture de sécurité et que la voiture aurait émis une alerte sonore et visuelle pour signaler qu'une porte était mal fermée. L'inspecteur lui sourit gentiment, puis essaya de le réconforter aussi poliment que possible. Mais il n'y avait rien à faire, la parole d'un adolescent de quatorze ans faisait pâle figure face aux spécialistes de la sécurité routière et aux enquêteurs aguerris par leur expérience de terrain.

Son séjour à l'hôpital l'avait empêché d'assister à l'enterrement de ses parents. On lui expliqua que le corps de sa sœur n'ayant pas été retrouvé, on avait tout simplement placé des vêtements et quelques objets personnels dans le cercueil.

L'inspecteur posa beaucoup de questions, mais l'une d'elles fut posée avec plus d'insistance et formulée de différentes manières. L'inspecteur voulait savoir si les enregistrements vidéo des trois mini- caméras – une au niveau de chaque rétroviseur filmant l'habitacle et celle à l'extérieur filmant l'avant et l'arrière du véhicule – étaient uniquement sauvegardés dans la mémoire du serveur du véhicule.

Encore un des nombreux gadgets embarqués dans cette voiture. Pour imager, on aurait dit une sorte de boîte noire, comme dans les avions.

Il avait répondu qu'il n'en savait rien, mais qu'il pensait que oui. À aucun moment ses parents n'avaient fait allusion à un serveur de sauvegarde qui serait chez eux. Le jeune en profita pour demander s'ils avaient réussi à visualiser les vidéos de l'accident, mais c'était impossible. Toutes les données étaient corrompues et irrécupérables. Albot allait dire quelque chose, mais sa bouche resta fermée. À quoi bon polémiquer ? Certaines choses n'étaient pas claires et il n'avait aucune envie de donner des informations supplémentaires à un parfait inconnu, même si ce parfait inconnu était inspecteur de police.

Avant de prendre congé, celui-ci lui tendit sa carte de visite et l'invita à le contacter dans le cas où la mémoire lui reviendrait. Il lui grommela un petit oui inaudible avant qu'il ne passe la porte.

Malgré toutes les drogues qu'on lui donnait, il avait un mal de chien. La seule chose qui lui permettait partiellement d'oublier ses souffrances était de penser à sa sœur et à ses parents : le chagrin prenait le dessus sur la douleur…

On le transféra de l'hôpital de la Timone à Marseille vers l'hôpital de Berck-sur-Mer dans le nord de la France, spécialisé pour les handicapés, afin d'y suivre une rééducation de deux mois. Deux longs mois de rééducation, mais également de reconstruction psychologique. Son moral était au plus bas. Il avait deux séances de rééducation par jour, une le matin et une autre l'après-midi, avec une séance de psychothérapie intercalée entre les deux.

L'hôpital, situé en face de la mer, lui permettait de faire de longues promenades vivifiantes en fauteuil roulant. Quoi de mieux que l'air salin pour lui redonner des forces, et le bruit de l'océan pour se détendre?

Le thérapeute essayait de lui redonner goût à la vie, mais la tâche n'était guère aisée. Admettre ce qui s'était passé, c'était admettre la disparition de sa seule famille.

Il ne pouvait pas s'empêcher d'imaginer ses parents et sa petite sœur passant la porte de sa chambre, apportant ses chocolats préférés, au lait fourrés praliné. L'odeur du chocolat le faisait saliver rien que d'y penser.

Comme il était mineur, ce temps passé à Berck permit de trouver une solution à sa garde. Ses parents étaient orphelins, il n'avait donc aucun proche pour le prendre en charge. Il était incapable de se déplacer, mais l'avocat de ses parents se chargea de tout, et passa un jour à l'hôpital afin de lui faire la lecture de la lettre testamentaire.

Leur désir était que leurs enfants soient placés à l'orphelinat Descendance en cas de disparition et nulle part ailleurs. Ce lieu avait une grande signification, ils y avaient grandi et s'y étaient rencontrés. Décidément, la vie est un éternel recommencement…

L'avocat lui donna également une sorte de tube avec l'inscription

— À l'attention de mes enfants, Albot et Catiana Coldi.

— Qu'est-ce que c'est ? demanda-t-il à l'avocat.

— Je n'en ai pas la moindre idée. Quand j'ai posé cette même question à votre père, il m'a répondu que je n'avais pas à le savoir, que je devais seulement vous le donner en cas de disparition.

Il rangea le tube dans le tiroir suspendu qui se trouvait à gauche de son lit, en se disant qu'il regarderait cela tranquillement plus tard. Mais cet objet avait éveillé sa curiosité.

Ses parents possédaient des parts dans pas mal d'entreprises éparpillées un peu partout dans le monde. Il se rappelait tout particulièrement une entreprise œuvrant dans les microtechnologies, dont ils étaient les seuls actionnaires.

Leur assurance vie et tous leurs biens devaient lui garantir un pécule suffisant pour pouvoir faire de grandes études et démarrer confortablement sa vie.

Ce qui l'intriguait, c'est que ses parents avaient également stipulé en gras dans leur testament qu'en aucun cas et sous aucune condition, la maison familiale ne devait être vendue sans le consentement du dernier descendant, arrivé non pas à l'âge de la majorité, mais à la date anniversaire de ses vingt et un ans, et qu'en cas de décès prématuré des parents, les enfants devaient absolument garder la maison en leur possession, à n'importe quel prix.

Cela paraissait assez bizarre, cette maison n'étant pas à proprement parler une maison familiale qui aurait été léguée de génération en génération. C'était une maison plutôt moderne, avec une architecture assez avant-gardiste et innovante, appelée également maison intelligente, communicante et autonome. Son père l'avait fait construire, après l'avoir lui-même dessinée une dizaine d'années plus tôt.

Une autre clause stipulait qu'une partie de l'héritage resterait bloquée pour l'entretien intérieur et extérieur de la maison, mais également pour payer les factures courantes.

Albot ne pourrait prendre possession de ses biens qu'à sa majorité, mais d'ici là, il devait vivre à l'orphelinat Descendance.

Il caressa le doux espoir qu'une famille bienveillante veuille bien l'accueillir sous son toit, mais à un âge aussi avancé que quatorze ans, il était peu probable que cela arrive un jour.

Dès que son avocat eut tourné le dos, il ne put s'empêcher d'aller consulter l'ordinateur qui était en libre-service à l'entrée de l'hôpital. Il souhaitait s'imprégner de toutes les informations nécessaires à sa détention. Car dans son esprit, cela ne pouvait être nullement assimilé à autre chose qu'une prison.

Mais il avait eu beau surfer pendant des heures, aucun moteur de recherche n'était capable de remonter la moindre information susceptible de l'aider, mis à part qu'il s'agissait d'un orphelinat.

La guérison n'était pas entièrement acquise, il était encore incapable de se déplacer sans fauteuil roulant. Mais chaque jour, il voyait une petite progression qui lui donnait du courage et de l'espoir. Un soir, un médecin passa dans sa chambre pour lui annoncer qu'il pourrait sortir avant la fin de la semaine. Il précisa qu'une infirmière allait venir dans la soirée pour lui expliquer les exercices qu'il devrait pratiquer afin de poursuivre la rééducation chez lui.

Il aurait bien aimé, justement, pratiquer ces exercices chez lui, mais il ne savait pas à quoi pourrait bien ressembler son nouveau chez-lui.

La veille de sa sortie d'hôpital, une dame d'une quarantaine d'années se présenta. C'était une certaine Mme Helena Foxter, qui faisait partie du conseil d'administration de l'orphelinat Descendance. Elle l'informa qu'elle connaissait très bien ses parents et qu'elle espérait pouvoir lui donner un cadre de vie agréable au sein de la communauté de Descendance.

Elle comprenait ses difficultés à se projeter aussi rapidement dans son nouvel environnement, mais il fallait qu'il reprenne le dessus.

Ses parents avaient l'intention de l'emmener à Descendance cette année, afin de lui faire visiter le lieu où ils avaient grandi. Mais apparemment, la tournure des choses avait fait que cette visite devint permanente.

Mme Foxter lui avait expliqué qu'un chauffeur viendrait le récupérer le lendemain en fin de matinée et qu'il l'accompagnerait chez lui pour récupérer quelques affaires avant de partir le soir même pour l'orphelinat.

Il ne fallait que le strict minimum, juste de quoi s'installer, une seule valise suffirait. L'orphelinat fournissait les vêtements et le nécessaire de toilette.

Elle lui tendit sa carte de visite en accentuant bien le fait qu'il pouvait l'appeler de jour comme de nuit, et qu'il ne devait pas oublier qu'à présent Descendance était son unique famille.

Une fois qu'elle eut pris congé, il resta un long moment pensif. Que pouvait bien être cet objet cylindrique ? Après s'être assuré qu'il ne serait plus dérangé, il ouvrit le tiroir de sa table de nuit pour prendre ce drôle d'accessoire entre ses mains, et commença à l'examiner.

CHAPITRE IV : Le cylindre

L e cylindre était de couleur anthracite, il mesurait environ vingt-cinq centimètres de longueur et quatre centimètres de diamètre. Le matériau qui le composait était d'une matière quelque peu bizarre et paraissait assez léger. Mais ce qui l'embêtait le plus était qu'il ne voyait pas comment l'ouvrir. Car il n'y avait absolument aucune trace aux extrémités permettant d'enlever ou de dévisser un quelconque bouchon.

Il était bientôt vingt-trois heures, et l'infirmière allait faire sa ronde de nuit et passer pour vérifier si tout allait bien. Il mit le cylindre sous son oreiller et se coucha, faisant semblant de dormir. L'infirmière arriva quelques instants après, accompagnée d'une personne.

Elle vérifia qu'il dormait, et l'homme commença à fouiller dans sa table de nuit, sous son lit, dans le petit placard où étaient ses vêtements, pour finir par la salle d'eau. Il paraissait contrarié car il n'arrivait pas à trouver ce qu'il cherchait.

Albot décida de se réveiller pour leur demander ce qu'ils pouvaient bien chercher comme ça, mais il se ravisa au dernier moment : une petite alerte dans sa tête lui disait de n'en rien faire.

L'infirmière et son accompagnateur finirent par quitter la chambre. Le garçon réussit à entrevoir l'homme pendant seulement quelques instants, juste avant que l'infirmière ne referme la porte. Il avait la trentaine. Habillé d'un costume noir et d'une cravate, les cheveux blonds bien coiffés, il devait mesurer au moins un mètre quatre- vingt-cinq. L'homme avait l'air assez mécontent, car, quand il quitta la chambre, Albot entendit une phrase qui le fit paniquer : l'homme avait l'intention de regarder les enregistrements de la caméra située dans sa chambre, et cela dès l'ouverture du poste de sécurité. Il comptait comprendre où était passé l'objet.

Albot attendit dix bonnes minutes avant de s'asseoir sur son lit dos au mur. Et de réfléchir à la scène qui venait de se dérouler devant lui, car mille questions se percutaient à l'intérieur de son crâne. Qui était cet homme ? Où était cette caméra censée le filmer ? Pourquoi en avoir mis une dans sa chambre ? Et surtout, pourquoi l'homme voulait-il l'objet que son père lui avait laissé ? Autant de questions dont les réponses pouvaient se trouver au creux de ce cylindre qu'il venait de sortir de sous son oreiller et qu'il tenait maintenant entre ses mains.

Cela faisait plus d'une heure qu'il regardait l'objet sous toutes les coutures, mais il ne remarqua rien. Pas le moindre interstice, bouton caché ou mécanisme. Tout ce qu'il y avait était cette phrase gravée sur le cylindre : "À l'attention de mes enfants Albot et Catiana Coldi". Il avait prononcé la phrase sans se rendre compte qu'il la lisait à voix haute et non pas dans sa tête.

Un imperceptible petit clic attira son attention. Ce clic serait passé totalement inaperçu dans d'autres circonstances et d'autres lieux. Mais la pièce était plongée dans un silence de monastère, où le moindre bruit de moustique aurait été immédiatement perçu comme un coup de tonnerre.

Le cylindre laissa paraître un interstice de quelques millimètres sur toute sa longueur. Une feuille translucide apparut par l'interstice sur une hauteur d'environ quinze centimètres. Au bout de quelques instants, Albot vit y apparaître un carré, un rond et un triangle.

Tout d'abord, le triangle devint bleu, puis au bout de quelques secondes il devint rouge et enfin vert. Le rond prit la couleur bleue et un logo en forme d'empreinte digitale y apparut. Il positionna son pouce droit par réflexe sur l'écran, et le rond devint également vert.

C'est alors que l'image de son père apparut sur le carré de l'écran :

— Bonjour, mes enfants. Si vous prenez connaissance de ce message, c'est que nous ne sommes plus de ce monde, votre mère et moi.

— Tout d'abord, nous tenions à vous dire que nous sommes sincèrement désolés de vous avoir laissés orphelins. Nous espérons que nos amis de Descendance pourront vous apporter toute l'aide et tout l'amour que nous ne pouvons plus vous donner. Vous pouvez avoir une confiance aveugle en ces personnes, car elles sont toutes dignes de confiance et elles pourront vous accompagner jusqu'à votre majorité.

— Ce dispositif sécurisé a détecté que la pièce où vous êtes est surveillée. Mais si le rond est passé par la couleur rouge puis verte, c'est que cet objet a réussi à brouiller tout système de surveillance qui pouvait se trouver à proximité de vous. Je sais que cela fait un peu *James Bond*, mais la fin fera plutôt *Mission impossible*, car ce message s'autodétruira et ne pourra pas être de nouveau écouté.

Son père lui fit un clin d'œil:

— Je vais vous confier quelque chose et un objet dont vous ne devrez jamais vous séparer. Tout d'abord, vous devez retourner à la maison et aller dans mon bureau. Vous n'avez pas les clés pour y entrer, mais Albot connaît le passage dans ma chambre. Vous devez utiliser l'ordinateur portable qui se trouve sur mon bureau avec le cristal qui se trouve à proximité.

Mettez le cristal dans l'interstice du côté droit du portable, suivez les consignes de l'ordinateur et vous verrez la bibliothèque s'enfoncer dans le mur, laissant place à une entrée qui descend dans mon laboratoire qui se trouve au sous-sol.

— Une fois en bas, vous trouverez dans un cube transparent de couleur bleue un second cristal en suspension. Prenez-le, et surtout ne vous en séparez sous aucun prétexte jusqu'à ce que vous soyez arrivés à Descendance.

— Une fois à destination, racontez à M. Ziegler, le directeur de l'orphelinat, toute l'histoire. Il pourra alors vous expliquer plus en détail ce que ce cristal représente.

— Une dernière chose : il y a de fortes chances que des personnes mal intentionnées essaient de récupérer ce cristal qui renferme des coordonnées spatio-temporelles permettant l'accès à d'autres mondes. Mon travail sur cet objet n'est pas terminé, et il renferme peut-être d'autres fonctions ou d'autres propriétés que je n'ai pas eu le temps de découvrir.

— Vous devez sûrement vous poser des questions sur ce cristal, et vous demander si votre pauvre père n'est pas devenu un peu fou ? Il serait un peu trop long et compliqué de vous expliquer l'histoire de cet objet. Mais sachez que si ce cristal venait à tomber entre de mauvaises mains, cela pourrait être catastrophique. Il pourrait être la clé qui ouvrirait la boîte de Pandore, semant chaos et désolation pour l'humanité.

— Sachez juste une chose, le pont d'Einstein-Rosen ne doit en aucun cas s'ouvrir pour certaines personnes.

— Comme je vous l'ai dit, ce message va s'autodétruire. Sachez que votre mère et moi, nous vous aimons du plus profond de nos cœurs.

Des larmes vinrent aux yeux d'Albot, sans qu'il puisse les retenir. La feuille rentra dans le cylindre, l'interstice disparut et un petit bruit, qui dura deux secondes, se fit entendre, signalant que le message s'était autodétruit – et ce sans fumée.

Il rangea le cylindre dans le tiroir de sa chambre, car il n'avait désormais plus aucune utilité. Son visiteur pouvait maintenant le trouver et le prendre, cela lui importait peu et cela lui ferait peut-être même gagner du temps.

Il était près de deux heures du matin, et Albot ne voyait pas comment il allait réussir à s'endormir, excité comme il l'était. Les phrases et les mots tournaient en boucle dans sa tête : cristal, pont d'Einstein-Rosen, passage, Descendance, boîte de Pandore…

Mais la fatigue finit par avoir raison de lui.

Il se réveilla assez tardivement le matin, étonné que l'infirmière ne l'ait pas réveillé bien plus tôt, comme à son habitude. Mais il eut un pressentiment, et ouvrit rapidement le tiroir de chevet pour s'apercevoir que le cylindre avait disparu.

Il devait jouer la comédie et signaler que le cylindre n'était plus à sa place, autrement les personnes qui en avaient après lui risqueraient d'avoir des soupçons sur l'utilité réelle de celui-ci. Il sonna pour faire venir une infirmière, et commença par s'adresser à elle sur un ton assez désagréable, pour se plaindre de la disparition de l'objet.

Il était inadmissible que l'on puisse s'introduire ainsi dans sa chambre en pleine nuit pour le voler. Il dit que c'était le dernier cadeau de ses parents, et les trémolos dans sa voix lui permirent d'achever cette pauvre infirmière.

Celle-ci, qui venait de prendre son service, n'avait sûrement rien à voir avec ce vol. Mais la comédie qu'il devait jouer devait paraître réaliste et plausible. L'infirmière de nuit arrêtait son service à huit heures du matin et le poste de sécurité ouvrait à sept heures. Albot supposait que son visiteur avait pu visionner les films en moins d'une heure, avait trouvé la séquence recherchée et utilisé une dernière fois l'infirmière avant qu'elle ne quitte son service. L'objet avait donc été dérobé au plus tard avant huit heures.

Il se garda bien de communiquer ses soupçons à l'infirmière qui se tenait devant lui et qui, armée de patience, n'arrêtait pas de s'excuser. Elle ne comprenait pas comment c'était possible, et affirmait qu'il n'y avait jamais eu de vol dans l'enceinte de l'hôpital, qu'elle allait rapporter l'incident à la direction, et qu'il serait sûrement dédommagé. S'il était filmé, ils en auraient pour leur argent, et lui obtiendrait sûrement un petit oscar.

CHAPITRE V : Home sweet home

Le chauffeur arriva le surlendemain du vol de l'objet à onze heures tapantes. Le médecin signa le droit de sortie de l'hôpital et le chauffeur signa sa prise en charge.

— Bonjour, appelez-moi Gustave, je suis là pour vous accompagner chez vous et ensuite nous prendrons l'avion qui vous emmènera à l'orphelinat.

— Moi, c'est Albot.

Le trajet en limousine dura près de trois heures. Le passager avait essayé de rester éveillé, mais sans grand succès. Le médicament à base de cortisone le mettait dans un état comateux.

Quand il se réveilla, il reconnut la ville par où ils passaient non sans un brin de nostalgie. Ils n'étaient plus qu'à quelques minutes de chez lui. Gustave lui proposa, s'il le désirait avant d'arriver à destination, d'aller déjeuner dans un fast-food qui se trouvait tout près. Il accepta la proposition, car la nourriture de l'hôpital était infecte, et une fois à l'orphelinat, il n'aurait sûrement plus l'occasion de manger de sitôt un hamburger… Malgré les critiques permanentes sur la malbouffe, sur la qualité des produits et sur le mode de distribution de ces chaînes de fast-food, il ne pouvait s'empêcher d'aimer cela.

Après avoir passé commande, Gustave le laissa aller s'asseoir, car avec ses béquilles il n'était pas d'une grande utilité pour porter les plateaux.

Le repas se déroula dans un silence entrecoupé de bruits de mastication, on aurait pu entendre les mouches voler. En milieu du repas, Gustave lui demanda s'il se sentait bien. Et après qu'il eut acquiescé de la tête, il n'ouvrit plus la bouche.

À la fin du repas, Gustave essaya de détendre l'atmosphère :

— Savez-vous que je connaissais vos parents ? Ils étaient très amoureux.

— Comment les avez-vous connus ?

— Ils venaient régulièrement à l'orphelinat, et il m'arrivait parfois de les y emmener.

— Je ne savais pas qu'ils avaient gardé contact avec l'orphelinat.

— Ils étaient membres d'honneur, car en tant que donateurs et anciens résidents, ils avaient quelques privilèges.

— Quel type de privilèges ?

— Écoutez, je n'avais pas à vous parler de vos parents. J'en suis désolé, je vous demanderai de ne pas le répéter à l'administrateur.

Vous ne m'avez rien dit de désobligeant ou de choquant. Je ne comprends pas votre gêne.

Le silence fut sa seule réponse. Mais Albot n'insista pas. À la fin du repas, il demanda à Gustave un petit service :

— Pouvons-nous faire un petit détour, s'il vous plaît ?

— On m'a demandé de vous conduire directement à votre maison. Déjà que j'ai fait une infraction en vous emmenant déjeuner au fast- food… Je risque de me faire taper sur les doigts.

— Il ne faut pas exagérer, nous nous sommes juste arrêtés une petite heure pour déjeuner. Il n'y a rien d'extraordinaire à cela !

— Où désirez-vous aller ?

— Dans le centre-ville. J'aimerais acheter des chocolats. Il y a une boutique spécialisée, et je ne vous dis pas le bonheur quand leurs chocolats fondent dans votre bouche. Vous me donnerez votre avis. J'en rêve depuis des semaines, et mes parents nous en achetaient régulièrement.

Le chauffeur avait du mal à ne pas céder. Après toutes les épreuves que ce jeune homme avait traversées, il se voyait mal le lui refuser.

— Bon d'accord, mais rapidement. Mme Foxter doit m'appeler très prochainement, et je ne voudrais pas me retrouver à bafouiller des excuses ou à lui mentir.

— Il y en a pour une quinzaine de minutes au grand max. Et vous ne le regretterez pas, croyez-moi.

Une fois devant le magasin, aucune place n'était disponible pour se garer.

— Que fait-on ?

— Vous m'attendez là, et…

— Je vous arrête tout de suite, vous ne sortez pas sans moi. Je me mets en warnings et en double file, et je vous accompagne.

Quand ils entrèrent dans le magasin, leur odorat fut submergé par les senteurs et les effluves que pouvaient dégager les différentes compositions de chocolat.

Le cerveau d'Albot envoya immédiatement un message à son subconscient, pour faire revenir à son esprit la dernière fois où il avait savouré ces chocolats avec sa famille.
Cela devait se voir sur son visage, car Gustave et la vendeuse le fixaient sans dire un mot.

— Euh, bonjour, Mme Derby, pourriez-vous me faire, s'il vous plaît, une boîte d'assortiment, comme d'habitude ?

— Bonjour, mon petit Albot, oui, je te donne cela. En attendant, servez-vous dans les chocolats qui sont dans la petite corbeille à   la caisse, cela vous fera patienter. Mais je voudrais d'abord te dire que j'ai été très attristée par ce qui est arrivé à toi et à ta famille. Je te présente mes sincères condoléances. Tiens, voici un assortiment comme tu les aimes.

— Combien vous dois-je ?

Gustave allait sortir son portefeuille pour payer quand Mme Derby lui posa la main sur le bras:

— Albot, je m'en voudrais de te prendre le moindre centime sur cette boîte de chocolats. C'est peu de chose, mais laisse-moi te les offrir, en espérant que cela puisse t'apporter un peu de réconfort.

— Je ne sais quoi vous dire. Merci, Mme Derby.

Elle vint lui déposer un baiser sur le front, accompagné d'une larme qu'elle n'avait pas eu le temps de retenir.

— Je vous accompagne jusqu'à la porte.

Gustave et Albot allaient repartir quand ce dernier aperçut deux policiers municipaux autour de la berline. Ils étaient en train de leur mettre une contravention pour stationnement gênant.

— C'est votre voiture, monsieur ?

— Euh, oui. Je me suis arrêté quelques minutes pour acheter des chocolats et…

— C'est bon, toujours les mêmes excuses bidon. Vous êtes en infraction. Vous êtes en double file.

Mme Derby sortit de son magasin comme une furie.

— Écoute-moi, mon grand, dit-elle en s'adressant au plus jeune des policiers, je pense que ce petit en a assez bavé. Tu me déchires ce torchon, sinon je le dis à ta mère.

Le jeune policier était rouge écarlate, il connaissait Mme Derby depuis toujours, et sa mère était l'une de ses meilleures amies.

— Mais Mme Derby, je ne fais que mon boulot !

— Et ton boulot, tu le dois au père de ce garçon. Sinon, tu serais dans une maison de correction ou je ne sais où encore.

Le collègue du jeune policier reconnut Albot.

— N'insiste pas, laisse tomber. On remplacera le PV par un chocolat.

Albot lui tendit la boîte qu'il avait dans ses mains.

— Non, pas les tiens petit, mais Mme Derby va nous offrir un chocolat praliné.

La commerçante sourit de toutes ses dents bien blanches.

— Venez, tous les deux, que je vous offre une petite boîte de mes meilleurs chocolats. Et toi, Albot, si tu as besoin de quoi que ce soit, tu pourras toujours compter sur moi. Je te souhaite une bonne fin de journée.

— Merci Mme Derby, et merci monsieur.

Le policier lui fit un signe amical en touchant son couvre-chef, et s'en retourna vers le magasin de chocolats.

Gustave ouvrit à Albot la portière arrière droite de la berline, où celui-ci pénétra non sans remarquer la tristesse que l'on pouvait lire sur le visage des personnes restées sur le trottoir. Des personnes qui devaient sûrement être au courant de sa tragique histoire, qu'ils avaient lue dans les journaux ou vue à la télévision comme n'importe quel fait divers.

Ils mirent une quinzaine de minutes pour arriver à destination.
Mais une fois devant la maison, Gustave lui demanda la clé.

— Je n'ai pas de clé !

— Comment fait-on pour entrer, alors ? Pas besoin.

Albot approcha son doigt de la porte, et entendit les cliquetis des serrures.

Serrure électronique par empreinte. Et caméra à reconnaissance faciale à la place du judas.

— Eh bien, ton père était avant-gardiste !

— Oui, très.

Ils entrèrent, et la lumière de l'entrée s'alluma automatiquement.
Une voix féminine se fit alors entendre.

— Bonjour, monsieur Albot. Vous avez plusieurs messages dans votre boîte mail et sur le répondeur téléphonique. Vos parents et votre sœur ne sont pas avec vous ?

— Bonjour, Lucile. Non, mes parents et ma sœur ne sont pas avec moi. Je t'expliquerai plus tard.

— La personne qui vous accompagne est-elle autorisée à entrer ?

— Oui, pas de souci, Lucile.

— Pourriez-vous me donner le mot de passe, s'il vous plaît?

— *Metadremos.*

— Mot de passe correct, monsieur Albot.

— Mets-toi en veille pour le moment.

— Très bien, monsieur Albot.

— Et ça, c'est qui ? demanda Gustave.

— Juste l'ordinateur qui gère la maison. Ce n'est pas l'ordinateur de Stark, mais mon père y travaille. Il réfléchit à un nouveau concept. Il dit que cela va révolutionner le monde. Mais mon père est un grand et doux rêveur, d'après ma mère.

— Votre père était un brillant scientifique, ça, je vous le dis.

Albot se demanda comment Gustave pouvait être aussi affirmatif sur son père. Mais il finirait bien par comprendre tôt ou tard.

— Venez dans la cuisine, prendre une boisson fraîche ou un café.

— Ce n'est pas de refus, un petit café.

— Et ouvrons cette boîte de chocolats, que je vous fasse goûter ces merveilles.

Il tendit la boîte à Gustave, qui hésita à faire un choix.

— Prenez celui-ci, c'est mon préféré, et dites-moi ce que vous en pensez.

— Effectivement, le détour en valait la peine.

Ils restèrent là, quelques minutes, à savourer ces chocolats. Mais le temps passait, et la journée commençait à être bien entamée. Gustave lui donna quelques heures pour faire sa valise, et demanda la permission de s'installer sur le canapé de la salle à manger en l'attendant. Et il se mit à zapper sur les chaînes du satellite relié à l'écran Oled.

CHAPITRE VI : Descendance History

Albot monta dans sa chambre tant bien que mal avec ses béquilles. Son premier réflexe fut d'allumer son ordinateur portable et d'aller consulter sa messagerie. Il commença par survoler les différents mails de ses amis, qui lui souhaitaient un bon rétablissement et lui présentaient différents hommages et condoléances suite à la disparition de ses parents et de sa sœur.

Son attention fut retenue par un mail ressemblant à un spam qui était arrivé sur son compte de messagerie. Il allait l'effacer quand le titre attira sa curiosité : " *Descendance History.* " Le mail comportait un fichier attaché. Il n'y avait aucun expéditeur ni date d'envoi en en-tête du mail, ce qui lui parut très bizarre.

Cet ancien château médiéval, légué à la fin du XIXe siècle à un cardinal par un riche propriétaire sans descendance, avait pour vocation d'être transformé en couvent. Mais la virulence de la grippe espagnole qui a touché notre pays en 1918, décimant des villes entières et faisant des millions de morts de par le monde, changea le destin de cette donation.

L'église du village était saturée de malades et de leurs jeunes enfants qui mouraient faute de soins près de leurs parents. Ces enfants pleuraient toutes les larmes de leur corps, car ils ne comprenaient pas les raisons de cet abandon, de cette perte de protection. Ces corps couchés à même le sol en plein hiver avaient à peine l'étincelle de vie leur permettant de se traîner jusqu'aux toilettes, et leurs parents étaient trop occupés à essayer d'échapper à la Faucheuse, qui emportait ces agonisants pendant leur sommeil.

Cette pandémie laissa à nos portes de nombreux orphelins, car la grippe toucha essentiellement de jeunes adultes, jeunes pères ou mères de famille.

Le château fut tout naturellement transformé en orphelinat, afin de faire face aux urgences du moment. Rapidement, la nouvelle se propagea, et bientôt des centaines d'enfants arrivèrent de tous les environs et même de Paris. L'archevêché fut rapidement débordé par tous ces enfants, et des sœurs de Sainte-Miséricorde furent rapidement envoyées en urgence, afin de porter secours à ces pauvres enfants.

Tous ne survécurent pas. Leurs corps furent soit brûlés, soit enterrés dans la fosse commune avec une pelletée de chaux jetée sur eux pour toute bénédiction. La contamination était à son apogée quand, comme par miracle, la maladie s'arrêta net au château. Plus aucun décès, plus aucune contamination, tandis que la mort continuait à frapper aux portes. Mais plus au château…

Les sœurs et l'archevêché furent eux-mêmes très surpris par ces surprenantes guérisons, et ils décidèrent de ne point les ébruiter, de peur que cela ne fasse venir encore plus d'enfants. Car un problème de taille subsistait : Jésus n'étant pas présent pour multiplier les petits pains, comment allaient-ils donc faire pour nourrir toutes ces petites bouches?

Un miracle en appelant un autre, ils furent surpris un matin de découvrir une des pièces du château remplie d'une abondante nourriture de toute sorte. Mais ce qui retint l'attention des découvreurs, hormis la nourriture qui ne leur inspira pas confiance, ce fut les matériaux qui l'enveloppaient, une sorte de résine colorée, extensible et très résistante.

Une fois la nourriture sortie des emballages, les enveloppes se dégradèrent à vue d'œil jusqu'à disparaître, en l'espace d'une nuit. Bien que cette nourriture sortît de l'ordinaire, les religieuses furent obligées de l'utiliser sous peine de voir les enfants dépérir et mourir de faim. Elles goûtèrent les premières cette étrange nourriture, afin de tester sa dangerosité et sa comestibilité. Elles attendirent deux jours avant de la distribuer.

Les bordereaux qui accompagnaient les caisses étaient d'une grande exactitude concernant tout ce qui s'y trouvait, avec des symboles en face de chaque ligne indiquant l'utilisation qu'il fallait en faire.

Les personnes qui avaient placé toute cette nourriture dans cette pièce s'étaient même donné la peine de fournir quelques indications sur l'utilisation de certains ingrédients, qui de prime abord auraient pu être déconcertants.

Le château se referma sur lui-même, car les sœurs ne voulaient pas que cela puisse s'ébruiter. Le curé continua à ramener quelques enfants en mauvaise santé et proches de la mort. Mais à chaque fois, le même phénomène se produisait, l'enfant se rétablissait en quelques jours sans aucune explication plausible, car aucun médicament ou traitement ne lui avait été donné.

À la fin de l'épidémie, certains parents rescapés vinrent récupérer leurs enfants, mais le pourcentage resta faible. Plus de trois cents enfants restèrent ainsi à Sainte-Descendance (comme l'orphelinat s'appelait alors).

Le pape de l'époque fit même une rapide apparition pour bénir le château, mais ne put donner d'explication cohérente aux événements passés. Il ordonna que l'on ferme la pièce où était apparue la nourriture en scellant les deux portes d'accès. Et il ordonna que jamais personne ne parle de ce qui s'était passé, car il ne voulait pas d'un nouveau lieu de pèlerinage. Aucune apparition ou miracle n'avait eu lieu, et sans preuve du contraire, il ne souhaitait pas que l'affaire s'ébruite et que ce château devienne un nouveau lieu saint.

Le temps s'écoula aussi paisiblement que possible au château, et le clergé en profita pour disperser tous les témoins du phénomène aux quatre coins de la planète.

***

L'histoire aurait pu s'arrêter là, mais un nouvel événement majeur se déroula cette fois-ci vers le milieu de la Seconde Guerre mondiale, qui attira de nouveaux projecteurs sur Sainte-Descendance, lui donnant ainsi ses lettres de noblesse.

Un régiment SS de l'armée allemande décida d'établir son quartier général dans le château et, ayant découvert que certains enfants étaient d'origine juive, n'y alla pas par quatre chemins :

Les SS décidèrent de commencer par fusiller certaines religieuses qui refusaient d'apporter leur aide en triant les enfants juifs des non- juifs. Ces exécutions n'ayant pas réussi à faire changer d'avis les autres, les enfants furent enfermés dans les sous-sols du château avec les religieuses et les employés. Après les avoir alimentés pendant plusieurs jours en eau et en pain rassis, ils prirent la décision de tuer tout le monde!

Un des officiers allemands, qui refusa de participer au carnage, fut battu à mort, et enfermé avec eux au sous-sol. Après avoir repris ses esprits, il leur raconta ce que ses anciens camarades comptaient faire d'eux, et il se mit à pleurer, demandant pardon. Un silence de résignation s'installa, et on pouvait lire sur les visages le désarroi et l'impuissance face à la monstruosité de ces hommes.

Comment pouvait-on tuer de sang-froid, et sans aucune raison, plus de deux cents enfants ? D'autant que ces bouchers comptaient ensuite mettre le feu au château, et faire passer cela pour un accident…

Des prières furent dites durant toute la journée, jusqu'au soir. Les explications de l'officier sur la façon dont ses anciens camarades comptaient les tuer – en envoyant des gaz par les conduits d'aération pendant leur sommeil, les empêchèrent de fermer l'œil de la nuit.

Un calme et une paisible atmosphère s'étaient installés. Tout le monde était résigné à mourir. Au petit matin, tous furent surpris d'être toujours de ce monde. Ils se dirent que cela devait sûrement faire partie du plan diabolique des Allemands, et que ce n'était que partie remise : ce serait pour la nuit suivante.

Cela constituait un nouveau supplice qui renforçait la cruauté de leurs bourreaux : ils allaient devoir attendre de nouveau leur mort, tout comme ces détenus qui sont dans le couloir de la mort et qui attendent l'heure de leur exécution.

La journée passa, sans qu'aucun repas ne fût descendu, leurs bourreaux devaient sûrement se dire qu'il était inutile de dépenser des vivres pour des morts en sursis. Les enfants pleuraient de faim, mais ils eurent beau tambouriner à la porte pendant des heures et crier en demandant pitié, personne ne vint apporter quoi que ce soit. Cette nouvelle nuit s'annonçait sombre.

Au petit matin, ils furent de nouveau étonnés d'être encore en vie. Et rapidement, les théories les plus farfelues furent émises, allant d'un dernier sursaut d'humanité chez leurs tortionnaires, jusqu'à la peur d'être condamnés à mourir de faim.

En début d'après-midi, des pas se firent entendre dans les escaliers qui descendaient au sous-sol, le cœur de chacun battit la chamade, mais ils étaient résignés. Ils préféraient une mort rapide par les armes plutôt que devoir supporter la mort agonisante de ces pauvres enfants sans pouvoir rien y faire.

La grosse porte de bois s'ouvrit, un grincement se fit entendre, plongeant toute l'assistance dans le silence. La porte une fois ouverte laissa apparaître sur son seuil une femme habillée tout en noir, une silhouette assez grande et fine, avec une magnifique chevelure blonde tirée en arrière et des yeux bleus comme le ciel. On aurait dit un démon monté des enfers pour les accompagner dans leur dernière demeure. Ou bien étaient-ils tout simplement morts pendant leur sommeil ?

Tous restèrent figés, ne sachant que faire et que dire. La jeune femme les scruta les uns après les autres sans rien dire, se retourna et disparut dans les escaliers en laissant derrière elle la porte grande ouverte. Ceux qui étaient encore couchés ou assis se levèrent, et tous se regardèrent, se demandant quoi faire. Ils se dirigèrent tout doucement vers la porte, s'attendant à tout moment à voir des soldats débouler par les escaliers et à tirer sur tout ce qui bougerait.

Un premier enfant franchit la porte le plus naturellement du monde, comme si elle avait toujours été ouverte et qu'il était descendu cinq minutes auparavant chercher une bouteille à la cave. Le soldat allemand qui avait été emprisonné avec eux prit les devants, en saisissant l'enfant dans ses bras, il se retourna et fit signe de le suivre. Il monta une première marche, suivie d'une seconde avec hésitation, et commença à gravir tout doucement, hésitant de moins en moins, le reste des marches. À mi-parcours, il se retourna et put voir que tout le monde était derrière lui et le suivait. Il sentit sur ses épaules le poids de la responsabilité qui lui incombait, il devait faire sortir ces gens d'ici le plus vite possible, avant que ses anciens camarades ne se mettent à leur tirer dessus.

Il eut une sensation de dégoût en pensant à ces soldats qui n'arrivaient plus à écouter la raison, et qui étaient prêts à tuer des enfants, des civils et des représentants de Dieu, pour la seule gloire d'un fou. Il refusait de participer à ces meurtres et de rester là à ne rien faire, il préférait mourir avec ces pauvres gens que de continuer à vivre toute sa vie avec le poids de leur mort sur sa conscience. Que pourrait-il alors invoquer comme raison pour justifier devant Dieu ou devant qui que ce soit ce sordide massacre ?

Il n'était pas un vrai catholique, comme il aurait pu en donner l'impression, il n'allait pas à l'église tous les dimanches, et ne s'était jamais confessé. Mais son statut d'être humain le rendait capable de juger du bien-fondé de ses choix et de ses actions. Aucun humain ne devrait pouvoir faire des choses aussi ignobles à ses semblables. Ce qui le différencie des animaux est la conscience de ses actes. Rien au monde ne peut justifier des actes de barbarie envers ses semblables ni même envers les animaux.

Il allait bientôt arriver au seuil de la porte qui donnait sur la cursive. Son cœur courait un marathon, prêt à exploser à tout moment. Il posa délicatement l'enfant qu'il tenait dans ses bras, lui déposa un baiser sur le front, et lui fit signe ainsi qu'aux autres de ne pas faire de bruit en posant son doigt sur ses lèvres, puis tendit devant lui sa main les doigts écartés pour leur signifier de ne plus avancer.

Il ouvrit délicatement la porte, ce qui s'accompagna d'un inaudible grincement émanant des gonds. Jusqu'au plus profond de son être, tous ses sens étaient en alerte et amplifiés. Il aurait presque été capable d'entendre le battement du cœur de l'enfant qu'il venait de déposer au sol.

Il entrebâilla la porte de quelques centimètres, la lumière qui toucha ses yeux l'aveugla un court moment, et il dut attendre quelques secondes, le temps de se réhabituer à la clarté du jour. Une fois qu'il fut de nouveau capable de distinguer autre chose que des formes, il n'aperçut toutefois aucune activité extérieure. Il régnait un silence morbide et une absence d'activité anormale pour un milieu de journée. Après une bonne heure de recherches, il dut se rendre à l'évidence : il n'y avait plus âme qui vive, hormis les personnes qui étaient remontées avec lui du sous-sol.

Y avait-il un piège ? Le colonel SS qui commandait cette base avait une réputation des plus sordides. Ce colonel était assez déséquilibré pour faire ce genre de chose, on racontait des histoires à son sujet. Une des plus sordides, parmi tant d'autres, se déroula lors d'une partie de chasse dans la Forêt-Noire. Trouvant que le gibier qu'il venait de chasser avait été trop facilement tué, il donna l'ordre à son caporal de lui amener trois soldats de son régiment choisis au hasard. Les trois soldats furent donc sélectionnés et amenés devant lui. Après leur avoir retiré leurs armes, il leur annonça qu'il leur donnait deux minutes d'avance.

Leur premier réflexe fut de croire à une mauvaise plaisanterie ou bien à un entraînement. Ils changèrent vite d'avis, quand le colonel braqua d'un geste rapide le canon de son Walther P38 sur le front de l'un d'eux, qu'il appuya sur la détente et aspergea les deux autres soldats de la cervelle de leur camarade. Le lieutenant qui avait suivi la scène se mit à vomir, et le colonel lui ordonna de lui rendre son arme et de remplacer le soldat qui était à ses pieds.

Pour deux de ces hommes, le cauchemar s'arrêta assez rapidement. Mais le dernier, qui était le lieutenant, arriva à tenir jusqu'à la tombée la nuit. Et le colonel était fou de rage ! Son lieutenant était toujours en vie ! Il refusait de se voir ridiculisé devant les autres officiers, et il se rendit compte qu'il était devant un dilemme. Il était hors de question de gracier son ancien officier et de perdre ainsi son ascendant sur les autres.

Il lança un appel dans la forêt pour signaler au lieutenant que la chasse était terminée et qu'il pouvait revenir. L'officier sortit d'un bosquet, à moitié ensanglanté à cause des branches et des épines. Le colonel attendit qu'il soit à deux mètres de lui, lui fit un salut hitlérien de sa main gauche, que lui rendit immédiatement son lieutenant. Mais de sa main droite, il lui tira une balle dans la poitrine, ce qui le fit immédiatement s'effondrer à terre. Il s'approcha ensuite au-dessus de sa victime agonisante, pour mettre fin à ses souffrances par une autre balle en plein cœur. Puis il se baissa pour lui fermer les yeux, en lui chuchotant à l'oreille : Je ne supporte pas l'odeur du vomi ! Les témoins de ces événements restèrent impassibles, et la peur que l'on pouvait lire dans leurs yeux rassura le colonel sur le bien- fondé de sa décision. De retour au campement, il se retourna vers son major et lui dit : Tout cela m'a ouvert l'appétit !

Le soldat s'avança dans la cursive, sans apercevoir âme qui vive, les véhicules étaient tous alignés dans la cour, mais il n'y avait pas le moindre bruit ou mouvement suspect. Il décida d'aller se placer en plein milieu de la cour, et d'en finir. Il fit un tour sur lui-même, suivi d'un second et d'un troisième en prenant bien soin de regarder chaque bâtiment, chaque toit, chaque point sombre afin de déceler un éventuel mouvement. Mais pas le moindre mouvement à l'horizon : il devait admettre qu'il n'y avait plus personne. Par mesure de sécurité, il décida d'aller visiter quelques bâtiments, afin de s'assurer et de garantir à ceux qui attendaient son retour que tout danger était écarté.

Il trouva une arme posée sur une table, vérifia qu'elle était bien chargée et l'emporta dans ses visites. Ces minutes devaient durer une éternité pour ceux qui étaient encore dans l'escalier ou qui attendaient encore au sous-sol. Mais il devait absolument tout vérifier, il ne voulait pas voir apparaître au moment de leur libération ce boucher de colonel.

L'inspection des différents bâtiments montra des armes rangées dans leur étui, et les paquetages des soldats alignés au bout de leur lit. Les cuisines étaient également vides, rangées et propres, pas la moindre douille au sol qui aurait révélé qu'un quelconque combat avait eu lieu entre ces murs. Rien n'était cassé ou abîmé, les lumières étaient toutes éteintes, tout comme les émetteurs radio. L'Allemand appuya sur le bouton pour allumer un des appareils, mais rien ne se passa. Tout comme pour les interrupteurs des lumières.

Le pont-levis était resté levé, et la grille descendue. Comment auraient-ils pu quitter le château sans lever la grille et baisser le pont-levis ? Ce château fortifié était entouré d'un énorme fossé de plusieurs mètres rempli d'eau rendant pratiquement impossible la traversée. Peut-être avaient-ils trouvé un passage secret ? Il décida de reporter ses réflexions à un moment plus propice, car les enfants devaient commencer à s'impatienter.

Quand il ouvrit la porte, le rayon de soleil pénétra immédiatement dans l'escalier, aveuglant les premiers enfants tout comme lui auparavant. Les enfants étaient assis sur les marches et attendaient patiemment qu'il vînt les délivrer. Il leur fit signe de le suivre, qu'il n'y avait plus de danger.

Ils étaient tous maintenant dans la cour, et aucun mot n'avait percé. Le silence demeurait comme si on avait peur de réveiller les soldats et de les voir arriver avec leurs mitrailleuses en bandoulière. La première phrase qui émergea du groupe fut celle prononcée par le même enfant qui avait passé la porte en premier : " J'ai faim… "

Albot sortit très perplexe de la lecture de ce mail. Il ne savait vraiment plus quoi penser. Pourquoi lui avoir envoyé ces informations et qui était au courant qu'il devait aller à Descendance?

CHAPITRE VII : Le cristal

Ce mail l'avait décontenancé et chamboulé. Une certaine nostalgie, qui lui sembla venir d'un lointain passé, le submergea. Cela ne faisait que trois mois qu'il s'était absenté, mais il lui sembla que cela faisait une éternité. Il sortit une valise qui était sous son lit et ses affaires de son armoire qu'il étala sur son lit. Il ne savait pas trop quoi prendre, sa mère avait l'habitude de leur faire leurs valises, quand ils partaient en vacances, il était un peu perdu devant celle-ci. Ce souvenir de sa mère fit apparaître une larme qui coula le long de sa joue, larme qu'il laissa couler jusqu'à ce qu'elle tombe.

Pendant qu'il essayait de ranger tant bien que mal ses vêtements dans la valise, une discussion qui s'était déroulée quelques mois plus tôt à table lui revint à l'esprit.

Son père disait que si par hasard il arrivait malheur à leur famille, il fallait absolument récupérer les documents et objets qui étaient déposés dans son bureau et dans la seconde pièce… Il n'avait pas eu le temps de terminer sa phrase, car sa mère avait arrêté net la discussion, disant que c'était trop tôt pour en parler, qu'ils étaient trop jeunes, sa sœur et lui, pour comprendre. Leur père n'avait pas insisté face au foudroyant regard que son épouse venait de lui jeter. Qui donc aurait pu y résister, d'ailleurs ?

Ce n'était pas demain la veille qu'il aurait l'occasion de revenir dans sa maison, et sa curiosité au sujet de ces documents et objets était amplifiée par tous les événements qui s'étaient déroulés dernièrement.

La chambre de ses parents, qui était au fond du couloir, possédait un escalier privé qui donnait directement dans le bureau de son père, au rez-de-chaussée. Celui-ci avait installé ce second accès afin de ne pas réveiller toute la maison quand il travaillait tard. Albot décida de s'y rendre comme son père le lui avait demandé, sans passer par l'escalier principal. Car il n'avait pas envie de justifier ou d'expliquer à Gustave ses motivations du moment.

Il informa le chauffeur du haut des escaliers qu'il souhaitait se reposer dans sa chambre un moment avant de repartir, car il était fatigué du voyage.

Gustave était tellement absorbé par son film qu'il ne posa pas la moindre question. Il lança un simple OK. Mais Albot était persuadé qu'il ne tarderait pas à monter jeter un coup d'œil, dans la demi- heure qui suivrait probablement.

La demi-heure fut raccourcie à quinze minutes. Gustave monta sur la pointe des pieds, et vérifia que l'adolescent dormait bien à poings fermés.

Dès qu'il entendit de nouveau le son provenant du téléviseur, indiquant que Gustave avait repris le visionnage de son film, il se leva et entreprit la descente par le second escalier. Il se déplaçait avec lenteur vers la chambre de ses parents qui se trouvait au fond du couloir et qui desservait les quatre chambres et les salles d'eau du premier étage. Il essaya de faire le moins de bruit possible avec ses béquilles dans le couloir, mais ce n'était pas une mince affaire.

Arrivé à la porte, il marqua un temps d'arrêt, afin de s'assurer que le son de la télé était toujours audible. Il ouvrit délicatement la porte, et pénétra dans la pièce. Les photos de ses parents et de sa sœur qui étaient posées sur la commode et accrochées aux murs lui firent monter de nouvelles larmes aux yeux. Il fallait qu'il se ressaisisse rapidement, car ce n'était ni le lieu ni le moment de s'apitoyer sur son sort.

Après avoir essuyé avec les manches de sa chemise les larmes qui glissaient sur sa joue, il se dirigea vers la porte de placard qui correspondait à la seconde entrée du bureau de son père. Il se rappela quand son père lui avait montré ce passage pour la première fois, il avait tout juste sept ans. Son père lui avait fait croire que c'était un passage secret. Et il était vrai qu'il fallait avoir un œil averti pour déceler l'entrée donnant sur le passage et son escalier en colimaçon. Celui-ci était assez raide. Heureusement, son père avait fait installer une rampe d'escalier le long du mur, ce qui lui permit d'assurer sa prise lors de sa descente. Arrivé en bas, il se trouva nez à nez avec la porte qui lui parut assez lourde et difficile à ouvrir. Mais une fois dans la pièce, il en comprit la raison. La porte ne faisait qu'un avec un bloc d'étagères remplies de livres qui faisait son poids.

Le bureau était l'équivalent en taille de deux des chambres du premier étage, ce qui faisait environ une quarantaine de mètres carrés. Le sol était en parquet, avec un grand bureau équipé d'un ordinateur portable placé face à la porte centrale, un écran plat au mur, une grande bibliothèque avec un grand canapé et une table basse, sans oublier la machine à expressos dont son père ne pouvait plus se passer. Aux murs, on retrouvait des photos de famille et des tableaux. De prime abord, rien de particulier.

Il était descendu pour accomplir les dernières volontés de son père, et maintenant la curiosité dominait son esprit. Le premier coffre, qui était derrière l'écran plat accroché au mur, avait été vidé. L'avocat avait dû faire une descente. Il reconnut, posé sur le bureau, le presse-papiers d'apparence en verre que son père lui avait décrit. Il était de forme rectangulaire d'environ huit centimètres par cinq, les contours étaient biseautés, avec moins d'un centimètre d'épaisseur. Il s'attendait à ce que l'objet pèse un certain poids, mais lorsqu'il le prit entre ses mains, il eut l'impression d'avoir affaire à une plume.

Le dernier mot, " cristal ", que son père avait prononcé avant de disparaître, lui revint immédiatement à l'esprit. Il devait rapidement retourner à sa chambre avant d'attirer l'attention de son chauffeur. Il remarqua le second ordinateur portable de son père, posé sur le bureau. Second, car le premier était dans la voiture avec lui lors de l'accident. C'était un portable de dernière génération, bien meilleur que le sien dans sa chambre. Il l'ouvrit, et celui-ci s'alluma automatiquement et instantanément avec un message vocal émanant de l'appareil :

— Bonjour, Coldi ! En quoi puis-je t'aider ?

Albot ne voulait pas perdre de temps et alla à l'essentiel. Il remarqua la fente sur le côté droit de l'ordinateur qui ne ressemblait en rien à un lecteur de carte mémoire ou des anciens disques que son père prenait un malin plaisir à lui montrer et à lui décrire pour lui faire comprendre à quelle vitesse la technologie avait évolué. Cela avait plutôt à voir avec la taille du cristal qui était sur le bureau. Il prit celui-ci, qu'il plaça d'abord en face du trou qui présentait une sorte de petit clapet pour éviter que la poussière n'entre à l'intérieur de l'appareil. Et d'un coup sec, il inséra le cristal dans l'ordinateur.

L'affichage de l'ordinateur changea immédiatement pour faire apparaître un logo qu'il ne reconnut pas, une sorte d'arbre dans un triangle. Un nouveau message se fit entendre :

— Veuillez placer votre pouce sur le lecteur d'empreinte.

Albot reconnut le lecteur d'empreinte en bas à droite du clavier du portable. Il plaça son pouce dessus. Et à sa grande surprise, il ressentit un léger picotement sur son doigt. Il regarda celui-ci et remarqua une infime goutte de sang.

Aucun ordinateur au monde, aussi performant soit-il, ne pouvait lire dans la seconde un code ADN. Pourtant, trois rectangles apparurent sur l'écran avec en premier plan un sigle de couleur verte. Le premier était sa photo, le second son empreinte digitale et le troisième un symbole de l'ADN. Et l'ordinateur confirma l'autorisation.

— Autorisation d'accès confirmée, vous pouvez entrer.

— Mais entrer où ?

Une étagère remplie de livres qui se trouvait à l'opposé dans   la pièce s'enfonça dans le mur dans un silence qu'il n'aurait pas imaginé, et le sol en bois se déroba pour laisser place à un escalier qui s'éclaira immédiatement. C'était l'entrée de la pièce du bas. Albot s'approcha en boitillant vers cette entrée, et commença la descente sans tarder. Il descendit tant bien que mal, et découvrit en bas une sorte de laboratoire, de taille bien plus grande que le bureau du dessus. Remplie d'appareils de mesure, d'ordinateurs et de choses qu'il n'avait jamais vues auparavant, la pièce devait faire une centaine de mètres carrés avec plusieurs fenêtres qui étaient des écrans plats montrant un paysage de bord de mer. Son père avait sûrement mis cela en place pour éviter de devenir claustrophobe.

Il passait d'un établi à un autre, en essayant d'imaginer ce que son père pouvait bien faire dans ce lieu. La raison de sa présence ici lui revint à l'esprit. Le cristal !

Il remarqua la boîte transparente éclairée d'une couleur bleue, que son père lui avait décrite dans son message. Il s'en approcha et ne remarqua rien à l'intérieur. Un vent de panique le gela sur place. Mais au moment où il allait se retourner pour regarder ailleurs, il remarqua un léger décalage de vision à l'intérieur de la boîte. Il ouvrit celle-ci et découvrit en suspension le fameux cristal. Il le retira de son habitacle afin de mieux l'examiner : rien de particulier ne le différenciait du cristal qui était sur le bureau de son père.

Il décida de suivre les consignes de son père à la lettre. Il ne comprenait pas trop à quoi le cristal pourrait bien lui servir, mais il décida de le ranger dans sa poche. Et il remonta les escaliers pour revenir au bureau de son père. L'escalier disparut immédiatement sous la bibliothèque quand Albot retira le premier cristal de l'ordinateur.

Il avait complètement oublié de prendre avec lui son ordinateur personnel afin de procéder au changement. Il fallait qu'il fasse un aller-retour jusqu'à sa chambre, et avec les béquilles, cela n'allait pas être facile. Il prit son courage à deux mains, et commença le parcours du combattant. Il ne prit qu'une seule béquille et utilisa son second bras libre pour porter l'ordinateur.

Il était en nage quand il arriva enfin à sa chambre. Il déposa rapidement le portable dans sa valise, sous ses vêtements. Et après avoir repris son souffle, il fit le chemin du retour pour rapporter le sien, mais cette fois-ci, pour le transporter, il le mit dans un sac à dos qu'il avait trouvé dans sa chambre.

Après des minutes qui lui parurent des heures, il s'assit de nouveau sur la chaise du bureau pour reprendre son souffle. Il se leva pour repartir, mais se ravisa en regardant une fois encore le premier cristal qu'il avait laissé sur le bureau. Il remarqua une sérigraphie à l'intérieur du cristal. Il le prit entre ses mains, et l'éleva vers la fenêtre afin de voir si, avec la clarté du soleil, il ne pouvait pas mieux décrypter ce qui y était inscrit. C'était le même logo que celui qui était apparu sur son ordinateur.

Il reposa le premier cristal sur le bureau pour sortir de sa poche celui qui était dans le laboratoire, il voulait vérifier si le logo pouvait également s'y trouver. Mais dès que le premier rayon de soleil vint frapper le cristal, un rayon violet s'en dégagea par la face opposée. Ce rayon frappa son œil encore valide, mais également celui qui avait le cache-œil, ce qui le fit vaciller. Et sous l'effet de surprise et de la douleur aiguë qui s'ensuivit, le cristal s'échappa de ses mains…

Il eut l'impression que le cristal tombait au ralenti sur le parquet, il le voyait déjà exploser en milliers de morceaux dans un vacarme qui alerterait Gustave mais, contre toute attente, quand il eut atteint le sol, aucun bruit ne s'en échappa. Pas le moindre éclat ne s'en détacha. Il n'avait pas rebondi ni bougé de l'endroit où il était tombé. Comme s'il était tombé sur un oreiller en duvet.

Albot en resta bouche bée, et regarda le cristal à terre, sans le ramasser, comme si l'objet risquait de le mordre s'il le touchait. Son cerveau se remit en marche quand il entendit des pas provenant du couloir et s'approchant du bureau. Il avait perdu trop de temps, avec ses allers-retours.

Et pourquoi devait-il se cacher ? Il était chez lui ! Mais quand il eut ramassé le cristal, il comprit qu'il valait mieux garder tout cela pour lui. En tout cas pour le moment, le temps qu'il puisse comprendre ce qui se passait.

Il glissa rapidement le premier cristal dans sa poche de pantalon, et le second dans le sac. Et il se précipita tant bien que mal vers la porte d'entrée du bureau, ayant à peine le temps de tourner délicatement la clé dans la seconde serrure intérieure de la porte, avant d'apercevoir un mouvement vertical sur la poignée de celle-ci. Qu'est-ce que Gustave pouvait bien chercher ? Peut-être cherchait-il la salle de bains ?

Il n'eut pas l'air d'insister. Albot entendit les pas repartir, et il en profita pour en faire autant.

En sortant de la chambre de ses parents, il entendit des pas qui montaient les premières marches de l'escalier. Il n'avait plus le temps de revenir dans sa chambre, il avait à peine entamé le chemin de retour dans le couloir. Il se sentit comme un animal piégé. Que faire ? Il se précipita dans la salle de bains qui était à mi-parcours dans le couloir, juste avant de voir apparaître la tête de Gustave en haut des escaliers.

Ce dernier ouvrit la porte de la chambre, et eut un coup de panique en ne voyant personne à l'intérieur. Il allait commencer à l'appeler quand il l'aperçut sortant de la salle de bains.

— Tu étais où ? Je ne t'ai pas entendu marcher.

— Je suis allé dans la salle de bains chercher ma brosse à dents et mes affaires de toilette.

Et il lui montra le petit sac de toilette qu'il tenait dans sa main droite.

— Oui, bien sûr, excusez-moi. Quand je ne vous ai plus vu dans la chambre, j'ai cru que…

— Qu'avez-vous cru ? Que j'avais piqué un sprint avec mes béquilles, après avoir enjambé la fenêtre de ma chambre, et sauté de huit mètres ? Et après ? Je fais quoi ? Je vais où ?

L'intonation de sa voix trahissait une certaine colère refoulée, mais Gustave ne releva pas la tonalité de cette réponse. Il lui sourit, de toutes ses dents blanches :

— Non, bien sûr, mais on m'a demandé de vous surveiller et de vous ramener avant la tombée de la nuit. Et le soleil commence à se coucher.

— J'ai terminé, nous pouvons partir. Pourriez-vous m'aider à descendre ma valise, s'il vous plaît ? Avec mes béquilles, ce n'est pas simple.

— Oui, bien sûr. Je m'en occupe.

— Attendez, j'avais rangé mon ordinateur portable sous mes affaires. Mais j'ai peur de l'abîmer. Je préfère le prendre dans mon sac à dos avec ma console de jeux et mon bouquin.

— Sage décision, car la valise va voyager dans la soute du jet, et les soubresauts risquent de l'endommager.

— Du jet ?

— Comment voulez-vous descendre dans le Sud ? De plus, l'aérodrome est plus proche de notre destination que la gare ferroviaire.

Il finit de boucler sa valise et de remplir son sac à dos avec les objets qu'il voulait emporter. Il rangea le second cristal dans la poche intérieure gauche de son blouson, sans se faire remarquer. Et il sortit de la chambre.

CHAPITRE VIII : Cache-cache

Arrivé au milieu de l'escalier, Albot marqua un arrêt, car il avait cru apercevoir une ombre se déplaçant dans le salon. Mais il poursuivit la descente, mettant cela sur le compte de sa fatigue visuelle. Mais ils étaient à peine arrivés en bas qu'un homme surgit de nulle part, en pointant sur eux un revolver équipé d'un silencieux. Aucune phrase ne sortit de sa bouche, on entendit seulement deux bruits étouffés, comme si on débouchait une bouteille de vin.

Gustave s'écroula immédiatement en déboulant les dernières marches de l'escalier, finissant sa chute dans le hall d'entrée. Le tueur pointa ensuite son arme sur Albot. Sans prononcer le moindre mot et avant que l'adolescent ne puisse dire quoi que ce soit, il tira de nouveau. L'impact du projectile le projeta en arrière, et ensuite ce fut le trou noir…

Quand il rouvrit les yeux, il était allongé sur le sol du hall d'entrée, près de Gustave qui baignait dans une mare de sang. Il resta là, couché sur le dos, en regardant le plafond. Il avait besoin de retrouver ses esprits, et alors il comprit qu'on lui avait tiré dessus. Un vent de panique l'emporta, et il commença à chercher sa blessure, tâtant ses vêtements à la recherche de sang. Mais il n'y trouva aucune trace gluante. Était-il possible que le tueur l'ait raté ? Peu probable, il devait y avoir une autre explication.

Il finit par remarquer un trou dans son blouson au niveau du cœur. Il se releva tant bien que mal, et une balle tomba sur le sol. Il se rappela qu'il avait mis le second cristal dans la poche intérieure de son blouson. Le cristal avait peut-être pu amortir la balle, mais de là à l'arrêter ?

Il mit sa main à l'intérieur de sa poche, et en sortit le cristal qui était intact, pas une seule égratignure ! Décidément, il comprenait de moins en moins ce qui se passait autour de lui.

Combien de temps était-il resté inconscient ? La pièce était dans la pénombre, la nuit était tombée. Il remarqua de la lumière au bout du couloir dans la pièce qui correspondait au bureau de son père. Il entendit également du bruit provenant de cette pièce. Le tueur était toujours là, et il cherchait apparemment quelque chose. Quelque chose qui pourrait être le cristal ? Une chose était certaine, c'est que s'il ne trouvait rien, il reviendrait le fouiller.

Il ne savait pas quoi faire. Appeler la police ? Il n'avait plus son portable depuis l'accident. Il se rapprocha péniblement du téléphone qui se trouvait dans l'entrée, mais aucune tonalité ne se fit entendre, le tueur s'était assuré d'avoir coupé la ligne. Il fallait qu'il fouille le corps de Gustave qui était à terre pour chercher son téléphone portable.

Il s'approcha délicatement du chauffeur et commença par fouiller ses poches extérieures, sans rien y trouver. Il devait le retourner, afin de fouiller ses poches intérieures. Il eut beaucoup de mal : le corps de Gustave glissait, mais ne se retournait pas, il était trop lourd. Il allait abandonner quand il entendit un bruit étouffé, un téléphone sonnait en mode vibreur, et il se trouvait sous le corps. Il lui vint une idée : il chercha ses béquilles pour les utiliser comme levier. Le corps décolla légèrement du sol, suffisamment pour sortir le téléphone portable de la veste de Gustave, sous son corps taché de sang.

Il réussit à se traîner tant bien que mal jusqu'à l'intérieur d'un placard qui était sous l'escalier, qui pouvait faire penser à celui d'Harry Potter. Il allait pouvoir répondre sans attirer l'attention. Il décrocha et une voix de femme se fit entendre de l'autre bout de la ligne :

— Allô ! Allô ! Allô, Gustave. Vous êtes là ?

— Non, ce n'est pas Gustave. C'est Albot.

— Albot ? Mais où êtes-vous donc ? Il était convenu que vous deviez revenir avant la tombée de la nuit. Et il est bientôt vingt heures ! Passez-moi Gustave.

— Il ne peut pas vous répondre, il est étendu sur le sol, chez moi, avec deux balles dans le corps.

— Comment ça ? Que se passe-t-il ?

— Je ne sais pas, un homme est apparu chez moi et nous a tiré dessus.

— Et toi, comment vas-tu ?

— Il m'a également tiré dessus, et apparemment il m'a raté ! Mais dites-moi quoi faire. Car il est toujours ici, il fouille le bureau de mon père.

— Essaie de sortir de la maison, ou de te cacher quelque part où il ne pourra pas te trouver. J'appelle la police et je viens moi-même te chercher.

Sur ce, elle raccrocha. Il sortit de sa cachette et se dirigea vers la porte d'entrée. Mais elle était bloquée, il était piégé… Il fallait qu'il trouve un endroit où se cacher, le temps que la police arrive. Mais rien ne lui venait à l'esprit. Il lui vint alors une idée : l'escalier de la chambre de ses parents qui donnait dans le bureau… Il fallait qu'il remonte de nouveau ces foutus escaliers !

Il était arrivé à mi-parcours dans le couloir quand il entendit du bruit provenant d'en bas. Il fallait qu'il accélère le pas, et il se demanda s'il avait bien fait de récupérer son sac à dos avec l'ordinateur, car cela le fatiguait beaucoup. À peine eut-il refermé la porte de la chambre de ses parents qu'il entendit les pas du tueur sur les premières marches qui donnaient dans le couloir. Il ouvrit la porte donnant sur l'escalier caché, et la referma délicatement derrière lui. Il entendit le bruit des portes des autres pièces s'ouvrir avec fracas, le tueur devait être en colère. Il devait se demander où il avait bien pu disparaître. Il entendit la porte de la chambre s'ouvrir quelques secondes après, avec le même bruit. Il était là, il pouvait presque entendre sa respiration. Que fichait la police ?

Il s'assit sur la première marche, pour attendre que le calme revienne. Il ne voulait plus bouger de cet endroit, il se sentait en sécurité. Mais il ne pouvait pas non plus rester éternellement ici à attendre bêtement que le tueur le trouve, que le tueur revienne pour mieux inspecter la chambre et trouver l'entrée qui donnait sur l'escalier. Il fallait sortir d'ici au plus vite ! Mais comment ? Et par où ?

En temps normal, il aurait pu sortir par la fenêtre de la chambre qui donnait sur le garage, mais dans l'état de délabrement physique où il se trouvait, il ne pouvait qu'envisager le pire scénario. Mais c'était cela ou bien une balle de revolver…

Il sortit doucement de sa cachette en essayant de prêter une oreille attentive aux différents bruits qui régnaient dans la maison, car le tueur devait sûrement faire de même pour le trouver. Il retourna fermer la porte de la chambre de ses parents, afin de ralentir le tueur dans le cas où il viendrait à l'entendre. Il n'était pas très rassuré de jouer les voltigeurs dans l'état où il était.

Il commençait à enjamber la fenêtre de la chambre quand la poignée de la porte bougea d'abord doucement, puis à plusieurs reprises de façon plus brusque. Il devait prendre très rapidement une décision, sans cela il risquait soit de tomber de l'étage et de se rompre le cou ou bien de recevoir une balle dans la tête. Un choix cornélien entre la peste et le choléra…

La porte de la chambre finit par céder après plusieurs coups de feu étouffés sur la serrure. La porte était en vrai chêne et pas en pâte à carton, mais le tueur devait sûrement maîtriser le sujet. Quand la porte de la chambre s'ouvrit, le tueur constata que la fenêtre était grande ouverte et qu'une des béquilles était restée devant. Il se pencha par- dessus la fenêtre pour essayer d'apercevoir l'adolescent sur le toit du garage ou étalé sur le sol. Il hésita sur la marche à suivre, puis sortit un appareil qui se trouvait dans sa poche, pour s'adresser à une autre personne.

— Tu l'as vu ?

Une voix sortit de l'appareil et lui répondit :

— Comment ça, je l'ai vu ? Tu l'as perdu ?

— Putain, comment peux-tu avoir perdu un estropié de quatorze ans à moitié aveugle ?

— Si on ne lui règle pas son compte maintenant, on n'aura pas une autre occasion avant un petit moment. Il faut absolument le retrouver et l'éliminer.

— Les autres vont être furax…

— Je pense qu'il est descendu par la fenêtre et ensuite par le garage, il ne doit pas être très loin dans la propriété. Il peut à peine marcher.

— Commence à le chercher, je descends. On a dix minutes avant que la cavalerie n'arrive. Nous devrons ensuite reprendre le passage, avant qu'il ne soit trop tard.

Albot avait choisi à la dernière seconde une autre voie que celle de la peste ou du choléra. Il était revenu sur ses pas et s'était de nouveau caché dans l'escalier qui descendait vers le bureau de son père. Il entendit le tueur quitter la chambre, et il espéra que la cavalerie n'allait pas trop tarder à arriver, avant que les tueurs ne réalisent sa duperie et ne reviennent fouiller la chambre avec plus d'attention.

Les dix minutes qui s'écoulèrent lui parurent une nouvelle éternité, et l'absence de médicament antidouleur commença à se faire ressentir : il avait des élancements dans la jambe et les côtes.

Il avait dû s'assoupir, car il fut réveillé par des voix qui l'appelaient. Il reconnut celle de Mme Foxter, qui le rassura et le fit sortir de sa cachette. Il ouvrit doucement la porte, et se trouva en face de deux policiers qui pointaient des revolvers sur lui. Mme Foxter donna des consignes pour qu'ils abaissent leurs armes. Il avança en sautillant vers elle, avant de s'effondrer sur le sol, tétanisé par la douleur qui parcourait tout son corps.

— Aidez-moi, s'il vous plaît, à le mettre sur le lit, le temps que l'ambulance arrive.

Deux policiers vinrent immédiatement aider Mme Foxter à soulever Albot du sol et à le mettre sur le lit de ses parents.

— Mais que s'est-il passé ici ? Qui sont ces types qui ont abattu le gars qui se trouve en bas des escaliers et qui a essayé de vous tuer ?

— Ce sont probablement des voleurs, qui ont dû lire dans les faits divers que les propriétaires avaient disparu et qui ont voulu en profiter pour venir voler des objets, des bijoux ou de l'argent.

— Des voleurs qui tirent sans aucune sommation ? Sans poser la moindre question ? Plutôt étranges comme voleurs.

— Des voleurs qui se croient seuls, et dans la panique, ouvrent le feu au lieu de s'enfuir.

— Je ne comprends quand même pas quelque chose : comment ont-ils fait pour entrer et sortir ? Cette maison est sous surveillance électronique, l'alarme se serait déclenchée.

— Ils ont dû débrancher l'alarme, sûrement des pros.

La première ambulance était arrivée, deux ambulanciers essayaient de voir si le corps de ce pauvre Gustave qui gisait sur le sol du hall d'entrée avait encore une flamme de vie, pendant qu'un troisième montait à l'étage pour voir dans quel état était le jeune Albot, et vérifier la gravité de ses blessures.

Il n'avait pas à proprement parler de nouvelles blessures, il avait failli avoir un trou dans le cœur, mais hormis cela, il avait seulement les mêmes blessures que celles récoltées lors de l'accident.

— Bon, nous allons vous emmener à l'hôpital pour vérifier tout ça, faire quelques examens, afin de nous assurer que vous n'avez pas aggravé vos précédentes blessures.

— Mme Foxter, pourriez-vous s'il vous plaît garder mon sac à dos et emporter ma valise qui est déjà faite ?

— Oui, ne t'inquiète pas, je m'occupe de tout. Je vais appeler des artisans pour mettre un peu d'ordre dans tout cela. Nous avons dû défoncer la porte pour entrer. Désolée.

— Vous n'aviez pas trop le choix, je crois. Appelez Mme Rina, son numéro est enregistré dans le téléphone de l'entrée, elle s'occupera avec son mari de remettre de l'ordre et elle nettoiera tout cela. Mes parents disaient toujours que M. et Mme Rina étaient des magiciens. Ils sauront quoi faire.

L'ambulancier lui avait injecté un sédatif, pour soulager ses douleurs et pour le calmer un peu. Et les effets commençaient à se faire sentir. D'ailleurs, il ne réussit pas à terminer sa phrase de remerciement avant de tomber dans les bras de Morphée.

CHAPITRE IX : L'attaque

Il se réveilla une nouvelle fois à l'hôpital. Il y avait, à droite de la porte de la chambre, un homme qu'il ne connaissait pas mais qui réagit immédiatement en le voyant réveillé. Il ouvrit la porte et parla à un autre homme qui se trouvait de l'autre côté.

Quelques minutes plus tard, il vit apparaître Mme Foxter avec un médecin. Le médecin l'ausculta, lui fit faire quelques exercices de réflexe au sujet desquels on put lire sur son visage une certaine perplexité. Albot se sentait complètement vidé, sans aucune force physique, et son esprit était embrumé par les médicaments que lui injectait l'intraveineuse. Il n'arrivait plus à se rappeler tous les événements qui s'étaient écoulés depuis la veille, il était dans un état semi-comateux et avait une faim de loup.

— Alors, docteur, il peut sortir ?

— Il a besoin de repos et il ne pourra pas marcher avant quelques jours. Mais il est hors de danger maintenant, vous pourrez l'emmener d'ici vingt-quatre à quarante-huit heures.

— Non, pas demain, et encore moins après-demain. Il faut qu'il sorte maintenant. Il ne peut pas rester ici, on ne peut pas sécuriser tout l'hôpital. Les gardes qui sont ici et la police ne suffiraient pas, et je ne veux pas une tuerie dans l'hôpital.

— Je ne comprends rien à vos divagations. Tout ce que je peux vous dire, c'est qu'il lui faut du repos.

— Écoutez, docteur. Je ne peux pas entrer dans les détails, mais les employés et les patients de cet hôpital sont en grand danger. Vous pouvez me croire, rien ne pourra les arrêter.

— Je ne comprends rien à vos histoires, et je ne veux rien savoir. Sortez-le ce soir avant le changement de la garde de nuit. Vous signerez une décharge de responsabilité.

Il se retournait pour partir quand il s'arrêta sur le seuil de la porte.

— Au fait, j'allais oublier de vous le dire : il y a un certain inspecteur Colmart qui désire s'entretenir avec lui.

— Dites-lui qu'il n'est pas en état de discuter pour le moment.

— Mais il est en route ! Il ne devrait pas tarder à arriver.

— Vous parlez de moi ?

Si Mme Foxter fut surprise, elle ne le montra pas.

— Inspecteur, je demandais justement au docteur comment on pouvait faire pour vous éviter.

Un sourire apparut sur le visage de l'inspecteur qui essaya malgré tout de montrer qu'il était vexé par ce commentaire.

— Toujours aussi directe, Helena, à ce que je vois.

— Madame Foxter, s'il vous plaît, inspecteur Colmart. Appelez- moi madame Foxter.

— Mon rapport a déjà été rédigé et envoyé à mes supérieurs sur cette tentative de meurtre.

— Votre rapport officiel indique-t-il qu'un voleur a pénétré au domicile des Coldi et qu'il a tiré sur Gustave pendant que le jeune Albot était à l'étage ? Et qu'il s'était caché par réflexe en entendant le bruit de la détonation ?

— Je suis habitué depuis un moment à vos petites mascarades, mais j'aimerais quand même avoir un jour des réponses à certaines questions que je me pose sur certains sujets…

— Je ne comprends pas, inspecteur, un voleur est entré dans la résidence des Coldi et, sous l'effet de la panique, a tiré. Voilà ! Je ne comprends pas vos insinuations.

— Madame Foxter, soit vous me faites confiance et je peux vous aider. Soit vous me prenez pour un imbécile et je vous laisse vous démerder.

Les termes de " tentative de meurtre " avaient sorti Albot de son état d'endormissement. Le temps que l'information soit véhiculée jusqu'au bon circuit neuronal, il comprit que cela sous-entendaitque Gustave n'était pas mort.

— Excusez-moi madame Foxter, mais vous avez dit "tentative" de meurtre tout à l'heure ? Gustave est vivant ?

— J'oubliais Gustave justement. Où se trouve-t-il actuellement, docteur?

— Il est toujours dans la salle d'opération, les deux balles l'ont frappé en plein cœur. Il aurait dû être tué sur le coup. Mais Gustave a une malformation de naissance, et son second cœur a pris la relève. Il a perdu beaucoup de sang, mais il devrait s'en sortir.

— Deux cœurs ? Jamais entendu une histoire pareille.

— Il est également orphelin. Il a été abandonné à la porte de l'orphelinat à sa naissance. Sûrement par des parents qui n'avaient pas les moyens d'assumer sa malformation.

— Je suis content qu'il s'en soit sorti, c'est un chic type.

— C'est quelqu'un qui est plus que cela, vous l'apprendrez rapidement. Et je ne me serais jamais pardonné d'avoir laissé un assassin le tuer. Enfin… je voulais dire un voleur, surpris par votre arrivée.

L'inspecteur releva l'information, mais n'en laissa rien paraître.

— Alors, quel est votre plan pour le faire sortir d'ici ?

Albot était assis sur une chaise et on le véhiculait à travers les couloirs de l'hôpital. Accompagné de Mme Foxter et des deux gardes qui étaient postés devant sa porte, on le dirigea vers un ascenseur. Au même moment, un autre fauteuil roulant, avec un enfant habillé dans des vêtements identiques aux siens, accompagné lui aussi de deux gardes, s'arrêta à côté de lui. Il remarqua que le blouson qu'il portait lorsqu'on lui avait tiré dessus n'était pas celui qu'il portait actuellement, mais que c'était l'occupant du siège d'à côté qui l'avait.

— Excusez-moi madame Foxter, mais j'aimerais récupérer mon blouson.

Mme Foxter le fixa d'un air interrogateur :

— Comment cela ?

— Le garçon qui est assis sur ce siège à mon blouson, et je souhaiterais le récupérer. C'est le blouson que mes parents m'ont offert pour mon dernier anniversaire, et j'y tiens.

— Mais il a été abîmé, il a un trou à cause de la balle.

— Peu importe, c'est la dernière chose que mes parents m'ont donnée avant de disparaître.

Mme Foxter fit signe de la tête à un garde de procéder à l'échange des blousons.

Le son reconnaissable suivi du nom de l'étage prononcé par une voix féminine indiquant que la porte s'ouvrait au cinquième se fit entendre. La porte s'ouvrit sur deux hommes, habillés d'un col roulé et d'un manteau noir descendant jusqu'aux genoux. Ils ne prononcèrent aucun mot, mais sortirent de derrière leur dos un revolver avec silencieux et se mirent à tirer sur les quatre gardes qui s'écroulèrent immédiatement.

Mme Foxter, qui se trouvait à la gauche d'Albot, était pétrifiée, et le garçon qui se trouvait sur le fauteuil roulant à sa droite, blanc comme neige. Les deux tueurs dirigèrent ensuite leurs armes sur Albot et son presque sosie, car ils ne devaient pas savoir à quoi ressemblait le vrai Albot Coldi.

— Je vous conseille de me donner le cristal immédiatement, madame Foxter.

Mme Foxter comprit bien la demande, mais n'en laissa rien paraître.

— De quel cristal parlez-vous ?

La seule réponse de la part d'un des tueurs fut le bruit étouffé de son silencieux. Albot se tourna vers la chaise qui était à côté de lui, et aperçut un petit trou sur le front du jeune garçon. Ses yeux, qui étaient restés grands ouverts, exprimaient sa surprise.

— Je pense que le jeune Coldi ne pourra plus nous aider maintenant, je suppose, ou bien Coldi est celui qui est encore en vie pour le moment devant nous ? En tout cas, madame Foxter, vous allez faire attention à votre prochaine réponse.

Mme Foxter regarda Albot d'un air qui voulait dire que c'était leur dernière heure. Une détonation ressemblant au bruit d'un gros pétard se fit entendre, mais ils ne comprirent pas tout de suite que cela ne pouvait pas provenir du revolver d'un des tueurs puisqu'ils avaient des silencieux.

Un des tueurs s'effondra dans l'ascenseur pendant que le second cherchait la provenance de ce contretemps. Il aperçut l'inspecteur Colmart qui pointait son arme de service sur lui quand la porte de l'ascenseur se referma. L'inspecteur appela immédiatement ses collègues qui étaient postés à chaque étage de l'hôpital, qui en comptait cinq, afin qu'ils prennent position devant l'ascenseur afin d'arrêter ces hommes. Ses ordres furent clairs : ils devaient tirer à vue. Sans sommation.

— Vous allez bien, tous les deux ?

Mme Foxter était muette sous l'effet du drame qui s'était déroulé sous ses yeux. Elle n'arrivait pas à prononcer un seul mot.

— Oui, ça peut aller, mais appelez des médecins pour qu'ils viennent voir s'il reste le moindre espoir pour eux. Je ne pense pas que vous pourrez coincer ce tueur, inspecteur.

— Je ne vois pas comment il pourrait nous échapper dans un ascenseur. Ce n'est quand même pas Houdini…

— C'est bien pire, inspecteur. Normalement, vous ne devriez trouver personne dans cet ascenseur. Ni mort, ni vivant, ni trace de sang ni empreinte digitale.

Comme pour donner crédit aux dires de Mme Foxter, une voix se fit entendre dans le talkie-walkie de l'inspecteur, indiquant que ses hommes étaient à l'intérieur de l'ascenseur concerné, et qu'il n'y avait personne de mort ou de vivant. Pas même une goutte de sang.

Mme Foxter pointa son index sur l'enfant du second fauteuil roulant, qui se trouvait près des gardes, étalé au sol sur lequel une énorme mare de sang commençait à se former.

— Il s'appelle Mathieu. Mathieu s'était porté volontaire pour nous aider à vous faire sortir d'ici. Il était toujours prêt à aider les autres et c'était un élève remarquable. Ses amis vont être effondrés en apprenant sa mort. Je pense que le trou dans le blouson qu'il portait a dû leur faire croire que c'était vous ! Si on avait eu le temps de procéder à l'échange, vous seriez peut-être à sa place à l'heure qu'il est.

Mme Foxter se baissa doucement. Elle ferma les yeux de Mathieu qui étaient restés ouverts, et retira délicatement le blouson qu'elle tendit à Albot. Quand il prit le blouson entre ses mains, il exerça une légère pression au niveau de la poche intérieure sans attirer l'attention de Mme Foxter afin de s'assurer que le cristal y était toujours. Il était tellement léger qu'il était passé inaperçu, mais Albot put sentir les contours de l'objet se dessiner entre ses doigts.

— Je suis peiné de voir Mathieu mort à mes pieds par ma faute. Mais j'aimerais quand même en connaître la cause.

L'inspecteur revint avec le docteur et des infirmiers. Ils furent tous consternés par tous les corps devant eux. Ils avaient pourtant l'habitude, et étaient même parfois blasés, devant les blessés ou les morts qui sortaient des ambulances. Mais ils étaient plus surpris par le lieu que par les morts, car ce n'était pas courant, une tuerie dans un hôpital. Il y avait bien eu dans le passé un déséquilibré qui avait essayé de prendre en otage un médecin pour des raisons d'adultère. Mais l'intervention du GIGN y avait rapidement mis fin, via un assaut qui avait abouti à la mort du preneur d'otage et du médecin.

L'inspecteur s'approcha de Mme Foxter en remettant son arme dans son étui. Il l'avait gardée en main sans même s'en apercevoir.

— Il va falloir que vous m'expliquiez tout ce bordel, vous deux ! Et gardez vos salades pour alimenter les lapins des champs de votre orphelinat. Car je veux bien être conciliant et compréhensif, mais là, il va être difficile de justifier cinq décès dont celui d'un adolescent. J'espère que vos explications seront plus cohérentes et plausibles que celles que vous m'avez fournies pour l'incident de la résidence des Coldi.

— Inspecteur, nous n'avons rien de particulier à vous expliquer. Si vous cherchez des réponses, rapprochez-vous de vos supérieurs hiérarchiques afin qu'ils vous mettent, comme vous dites, au parfum. Car moi, je ne peux vous communiquer que des informations qui vous conduiront là où vous ne souhaitez pas aller.

— Vous savez que je pourrais vous emmener au poste pour un interrogatoire ?

— Vous savez, le temps que j'arrive au poste, nos avocats et votre patron vous auront téléphoné en vous donnant l'ordre de nous libérer immédiatement. Quand nous serons en sécurité à Descendance, je vous conseille de venir nous rendre visite, peut-être que cela vous éclairera.

L'inspecteur resta un moment dubitatif devant les paroles de Mme Foxter, en se demandant si c'était du bluff.

— Je ne manquerai pas de vous rendre visite très prochainement, à condition que ma hiérarchie m'en donne l'autorisation.

Mme Foxter sortit son téléphone portable, composa un numéro et s'écarta quelques secondes afin que l'on ne puisse pas l'entendre. Quand elle eut terminé, elle se tourna vers l'inspecteur.

— Vous devriez retourner chez vous immédiatement pour prendre vos affaires.

Sur ce, le téléphone de l'inspecteur sonna.

— Bonjour commissaire, oui monsieur, bien monsieur, je comprends.

L'inspecteur n'avait pas eu le temps d'émettre le moindre commentaire ou le moindre avis. Et quand il eut raccroché, son visage resta figé pendant quelques secondes, comme s'il réfléchissait à la conversation qui venait de se dérouler avec son supérieur.

— Eh bien, madame Foxter, on dirait que je vais vous rendre visite plus tôt que prévu. Je suis détaché à votre sécurité jusqu'à ce que vous estimiez ne plus avoir besoin de moi. On m'a demandé de prendre un autre policier pour nous accompagner.

— Eh bien, vous avez trois heures devant vous pour vous organiser, nous partirons à votre retour.

— Je vais aller prévenir mon bras droit pour qu'il m'accompagne et ensuite, il faudra que j'aille chercher des affaires pour le voyage. Dois-je prendre des affaires pour une longue durée ?

— Je ne sais pas, mais voyagez léger. Vous trouverez ce qu'il vous faut à Descendance, si besoin.

— Je dois également passer au commissariat afin de remplir un certain nombre de formulaires, prendre de l'argent pour les frais et une arme ou deux en plus.

— Faites ce que vous avez à faire, mais je veux vous voir dans trois heures ici. Nous partons immédiatement après.

— Par quel moyen ?

— Revenez ici comme prévu, et je vous expliquerai.

CHAPITRE X : L'extraction

L'inspecteur Colmart revenait tout juste avec son bras droit, Sad Hamler, et était chargé de deux sacs et de deux valises.

— Vous paraissez bien chargé, inspecteur.

— Disons que je veux pouvoir parer à toute éventualité qui pourrait se présenter à nous pendant notre voyage. D'ailleurs, vous devriez enfiler ça, vous deux.

L'inspecteur leur tendit deux gilets pare-balles.

— Vous voulez que j'en fasse quoi, inspecteur ? Le petit Mathieu n'aurait pas eu beaucoup plus de chance de s'en sortir avec ça.

— Peut-être, mais ils ne visent pas toujours la tête.

— Vous avez raison, inspecteur, mais je ne mettrai pas ce truc.

— Soit vous le mettez de votre plein gré, soit je vous le mets de force. À vous de choisir la meilleure méthode.

— Nous sommes déjà équipés, inspecteur, ne vous inquiétez pas pour nous. Nous avons profité de ces quelques heures pour le faire.

— Comment ça, vous êtes équipés ?!

— D'ailleurs, virez-moi votre gilet, inspecteur, et mettez-moi ça.

Mme Foxter sortit deux boîtes qui paraissaient assez légères, qu'elle tendit à l'inspecteur et à son assistant. Les boîtes contenaient une sorte de tee-shirt noir à manches longues et une sorte de collant qui ressemblait à ceux que l'on porte sous les combinaisons de ski.

— Ils sont taille unique. Vous trouverez au niveau de l'étiquette qui se trouve sur le col une pastille. Quand vous la presserez, les vêtements s'adapteront à votre morphologie. Ces vêtements sont "respirants"

comme un vêtement de sport et équilibrent la température de votre corps, mais ils sont également capables de supporter des chocs de grande importance et des tirs à bout portant. On vient juste de les recevoir.

— D'où proviennent-ils ?

— Plutôt de quand, inspecteur. Plutôt de quand… Mais c'est une longue histoire, et nous n'avons pas le temps pour les explications. Sachez seulement que le fait de vous donner ce matériel m'a énormément coûté en termes d'autorisations. Une fois que vous aurez appuyé sur la pastille, ce vêtement vous appartiendra à vie, et personne d'autre ne pourra l'utiliser à part vous, sous peine de mourir de suffocation.

— Je ne comprends rien à votre histoire, et maintenant vous me parlez de choses qui n'existent que dans les films de science-fiction.

— Je vous demande juste de me faire confiance, inspecteur, et pour les questions, vous aurez tout loisir de me les poser une fois à Descendance.

— Je m'en vais donc mettre ce truc et je vous appellerai si je m'étouffe…

— Laissez votre doigt sur l'étiquette quelques secondes afin que le vêtement puisse enregistrer les informations.

L'inspecteur allait rebondir sur cette dernière remarque quand il se rappela que son supérieur hiérarchique avait reçu des instructions directement du ministre lui demandant de se mettre à la disposition de Mme Foxter sans poser de question.

— Bien madame, nous mettrons ce tee-shirt et ce collant sans poser de question et nous discuterons quand nous serons en lieu sûr. Alors, quel est votre plan pour nous sortir d'ici ? Et quand partons-nous ?

— Il y a une camionnette qui nous attend au sous-sol de l'hôpital, un taxi à l'entrée, un camion de blanchisserie qui se trouve derrière l'hôpital et un hélicoptère sur la terrasse.

— Cela nous offre beaucoup de possibilités, mais cela ne me donne pas l'option choisie ?

— Et vous, inspecteur, pour quelle solution opteriez-vous ?

— À part être devin ou faire une attaque sur chaque option, je ne vois pas comment notre choix pourrait être connu par avance, alors que nous n'avons pas encore pris une décision.

— Je vais vous demander, inspecteur, de trouver un moyen de couper toutes les caméras de surveillance de l'hôpital, ensuite de couper le circuit téléphonique et Internet de l'établissement pendant une quinzaine de minutes, et pour finir de déverrouiller et débloquer toutes les alarmes donnant sur les portes d'accès de l'hôpital. Je veux que cet hôpital devienne sourd et muet pendant une quinzaine de minutes.

— Je vais voir ce que je peux faire, mais cela risque de prendre un peu de temps.

— Vous avez une demi-heure pour trouver la solution, ensuite il nous faudra partir.

L'inspecteur revint trente-cinq minutes plus tard. Il paraissait essoufflé mais son visage réjoui indiquait qu'il avait dû réussir à trouver une solution.

— Dans cinq minutes, tout ce quartier, y compris l'hôpital, va subir une coupure électrique générale. Les groupes électrogènes vont prendre la relève en moins de dix secondes. Cette bascule sur le groupe électrogène va permettre de garder le minimum vital en service afin de préserver le maximum d'énergie. Ce qui correspond à peu près à la durée dont vous aviez besoin, avec un bonus supplémentaire qui sera l'extinction des lumières extérieures.

— Bonne idée, inspecteur.

L'inspecteur regarda sa montre et appela une personne par téléphone. Quelques secondes plus tard, les couloirs de l'hôpital étaient plongés dans le noir. Avec le basculement immédiat en mode de secours, l'intensité moins forte de la lumière indiqua que le groupe électrogène avait bien pris la relève. Les lumières dans les escaliers étaient également restreintes, les lampes constituées d'une nouvelle technologie à base de LED à faible consommation prenant ainsi la relève en cas de coupure électrique. L'éclairage était moins consistant, mais permettait tout de même d'obtenir une bonne visibilité.

L'inspecteur Colmart ouvrait la marche, suivi de Mme Foxter qui poussait le fauteuil roulant du jeune Coldi et de Sad, le bras droit de l'inspecteur, qui fermait la marche. Ce beau petit monde se dirigea tout droit vers les escaliers de secours et commença à descendre sans rencontrer la moindre personne. La chaise fut pliée et l'inspecteur porta le jeune Coldi qui tenait à peine debout.

Au rez-de-chaussée, Mme Foxter marqua une pause. Elle sortit son téléphone qui fonctionnait encore malgré la coupure électrique du quartier : les antennes téléphoniques des différents fournisseurs de télécommunications devaient également avoir un onduleur permettant de tenir quelques heures. Elle ne dit qu'un seul mot :

— Go !

Quelques secondes s'écoulèrent avant qu'ils entendent un bruit sourd provenant du toit, suivi de plusieurs explosions.

— Aïe, apparemment nos petits amis préfèrent ne pas prendre de risque et ont choisi de détruire toutes nos options.

Le go était le signal pour que toutes les options quittent l'hôpital au même instant. Heureusement qu'il n'y avait personne dans les différents véhicules, ceux-ci étant tous télécommandés.

— On fait quoi, maintenant ?

— On continue de descendre. Le temps que nos petits amis se rendent compte de la supercherie, cela nous laisse une petite fenêtre de sortie.

Ils poursuivirent leur descente, traversant plusieurs couloirs de canalisations permettant d'apporter l'eau, l'énergie et les communications vers l'hôpital.

— Mais où allons-nous, madame Foxter ?

— Nous sortons de l'hôpital, inspecteur.

Ils arrivèrent devant une première porte blindée, devant laquelle Mme Foxter sortit une carte magnétique qu'elle présenta à la porte, qui émit un petit bip validant et enclenchant son ouverture sur une vaste pièce où étaient entassés différents appareils et matériels enveloppés dans du papier bulle ou de toile blanche pour les préserver de la poussière.

— Quel est cet endroit ?

— C'est l'ancien abri antiatomique de l'hôpital, qui est devenu un débarras au fil du temps ou, occasionnellement, un entrepôt.

— Mais on fait quoi, ici ?

— Rien, on poursuit notre chemin et on se dépêche d'entrer et de refermer cette porte, car, dans trente secondes, le courant va revenir et la caméra qui surveille ce couloir va de nouveau fonctionner et nous filmer.

Ils se dépêchèrent donc d'entrer et de fermer la porte derrière eux, mais à peine la porte s'était-elle refermée que l'on put entrapercevoir la lumière dans le couloir de nouveau pleinement éclairé.

— J'espère que les gars qui sont devant leurs moniteurs, là-haut au poste de sécurité, n'ont pas vu la porte se fermer !

— C'est quoi, cet endroit ?

— Comme je vous l'ai déjà dit, c'est un ancien abri antiatomique qui date de la Seconde Guerre mondiale, transformé depuis en débarras, comme vous pouvez le constater.

— Il me paraît bizarre, ce local que vous appelez antiatomique !

— Disons qu'il est ce qu'il semble être sans être ce qu'il est. Mais le plus important est qu'il soit notre porte de sortie.

Mme Foxter regarda la pièce en tournant sur elle-même pendant quelques secondes, avant de déclarer :

— Monsieur Hamler, pourriez-vous s'il vous plaît pousser ce chariot qui se trouve dans ce coin gauche ?

M. Hamler s'exécuta mais rien n'apparut de particulier sur le sol, pas le moindre signe d'ouverture. Le visage de M. Hamler dénota une certaine perplexité. Mme Foxter se rapprocha, se pencha en présentant de nouveau son badge au sol, un bip se fit entendre, signalant la reconnaissance de la carte.

— Mais comment avez-vous su que c'était ici qu'il fallait présenter votre badge ?

Une trappe qui se trouvait dans le coin opposé se souleva via un mécanisme de vérins – elle devait peser son poids –, faisant apparaître des barreaux d'échelle permettant de sortir ou d'entrer dans cette pièce.

— Il faut juste trouver ce que l'on cherche, et cela vous indiquera le bon endroit.

— Je ne comprends pas votre phrase.

— Regardez le plafond et pas le sol.

— Je ne vois rien de particulier, il est en béton brut.

— Placez-vous au centre de la pièce et regardez de nouveau le plafond.

M. Hamler s'exécuta : il regarda attentivement le plafond et ne distingua rien de plus.

— Je ne vois toujours rien de particulier.

— Rien de particulier n'est pas rien. Et qu'est ce rien de particulier ?

— Juste une certaine porosité du plafond liée au béton brut, je suppose, et on aperçoit des petits trous par endroits.

— Prenez mes lunettes et regardez de nouveau, maintenant.

M. Hamler fut surpris par le fait que la plupart des trous n'étaient plus visibles, mais que seuls certains apparaissaient.

— Je vois à plusieurs endroits des groupements de trous.

— Et maintenant, fermez l'œil gauche.

M. Hamler fut surpris et resta la bouche ouverte sans pouvoir sortir le moindre son.

— Vu votre air béat, je suppose que vous comprenez, maintenant.

— Pour voir, je vois, mais comprendre, j'en suis moins sûr…

— Sachez juste que si vous interprétez mal le signe parmi tous ceux que vous pouvez voir, et que vous présentez la clé au mauvais endroit, vous risquez de vous retrouver rapidement mort carbonisé. Je ne vous donnerai pas d'explication supplémentaire, car ainsi vous ne pourrez pas dire ce que vous ne savez pas si vous êtes interrogé.

Cette dernière phrase laissa tout le monde sceptique et jeta un certain froid.

— Je suppose que nous devons descendre ?

— Oui, et faites attention au jeune Coldi, car il tient à peine debout. Aidez-le à descendre en le tenant.

Il y avait une quinzaine de barreaux à descendre, ce qui ne représenta pas un problème majeur pour le petit groupe qui se retrouva rapidement sur le sol ferme. Il y régnait une certaine pénombre, compensée par la lumière qui sortait de l'ouverture de la trappe. Mme Foxter représenta son badge devant l'ouverture, ce qui fit entendre de nouveau le petit son qui caractérisait la reconnaissance de la carte magnétique par le système, entraînant ainsi la fermeture de la trappe et les laissant dans une pénombre stressante.

— On se dirige de quel côté ?

— Attendez quelques secondes, le temps que nous puissions être éclairés.

Au bout d'une ou deux minutes, une légère lumière vint éclairer l'endroit, mais il était impossible de définir la provenance des sources lumineuses. Il leur fallut laisser leurs yeux s'habituer à cette faible luminosité pour qu'ils puissent apercevoir trois tunnels.

— J'espère que vous avez un plan de ces galeries, Mme Foxter ? Car je ne vois aucune indication permettant de choisir le bon chemin.

— Parce que vous regardez une fois de plus au mauvais endroit et avec les mauvais yeux.

Elle se dirigea vers les trois galeries, et les inspecta une par une. Puis elle sortit son téléphone, tapota sur l'écran, le dirigea vers le sol et ensuite vers le haut de chaque entrée de tunnel. Elle finit par dire:

— Prenons celle de gauche.

— Pourquoi celle-ci plus qu'une autre?

— Parce que c'est écrit.

Ils se regardèrent sans émettre le moindre commentaire. Sad déplia le fauteuil roulant et l'inspecteur reposa le jeune Coldi dessus.

— On attend quoi ? Allons-y !

Ils parcoururent environ un demi-kilomètre dans la pénombre, tandis que la température dans le tunnel n'arrêtait pas de descendre.

— Pourquoi fait-il si froid, Mme Foxter ?

Mme Foxter retira de son sac à dos des gants qu'elle distribua.

— Je ne vous les ai pas distribués en même temps que le premier équipement, car je ne souhaitais pas perdre de temps dans les explications sur le pourquoi des gants en cette saison. Dès que vous les enfilerez, les gants seront automatiquement calibrés avec le reste de votre équipement, donc pas de panique si vous sentez quelques fourmillements au bout de vos doigts. Mettez également ces sortes de chaussettes. Le matériau a besoin d'un certain temps d'adaptation. Mais surtout ne les retirez sous aucun prétexte pendant les deux prochaines heures. Sinon, la synchronisation entre elles sera corrompue et elles perdront leurs propriétés. Une dernière chose, nous allons traverser un froid intense, suivi d'une chaleur tout aussi intense. Je vais également vous donner des cagoules sans aucun orifice. Une fois de plus, pas de panique, ce matériau laisse passer l'oxygène et la lumière. Mais il a également besoin d'environ une heure pour s'adapter à votre environnement et à votre morphologie. Nous serons donc dans le noir complet pendant une heure, y compris moi-même, car, comme je vous l'ai déjà expliqué, ce matériel est également nouveau pour moi.

— Pourtant, vous semblez le maîtriser.

— On m'en a fait une présentation il y a quelque temps, mais il était encore au stade de l'étude.

— Vous travaillez pour l'armée ou les services spéciaux, madame ?

Mme Foxter sourit à cette question.

— Non, je ne travaille pour personne. Mais disons que le gouvernement a des intérêts communs avec nous, ce qui nous permet de trouver certains compromis et d'établir une certaine entraide. Maintenant, enfilez ceci, et patientons par terre pendant deux petites heures. J'espère que personne n'est claustrophobe ? Et attendez ! J'oubliais le plus important, et il faut que vous me fassiez confiance : voici une capsule qu'il vous faut avaler.

— Moi, je n'avale rien sans une prescription médicale, et surtout sans savoir ce que je sais.

— Eh bien, si vous refusez de prendre cette capsule, vous ne pourrez pas nous suivre et vous serez obligé de rester ici à attendre nos amis.

— Ne soyez pas stupide, Sad. Avalez-moi cette merde, qu'on en finisse.

— Mais ce n'est que le début, inspecteur, pas la fin.

Le regard perplexe de l'inspecteur en dit long sur son incompréhension de ce qui se passait. Il était complètement dépassé par les événements.

Tout le monde avala sa capsule et tous s'assirent à même le sol pour patienter deux heures. Rester ainsi inactif par cette température aurait dû les frigorifier, mais une fois les vêtements enfilés, ils ne sentirent plus aucune gêne due à la faible température.

— Avec le matériel que vous portez, la température de votre corps sera régulée. La température extérieure pourrait encore diminuer ou augmenter de plusieurs dizaines de degrés sans que vous ressentiez la moindre différence.

— En effet, je sens le froid uniquement aux extrémités de mon corps.

— Oui, juste le temps de l'adaptation, ensuite vous ne ressentirez plus aucune différence. Et maintenant, ne parlez plus, et essayez de dormir.

— Mais il y avait quoi, dans ces capsules ?

— Juste des *nanotriaminums*, je vous expliquerai plus tard.

CHAPITRE XI : La traque

Le courant électrique était revenu dans le secteur de l'hôpital, tout était revenu à la normale, mais on ne pouvait pas en dire autant pour le personnel. La destruction de l'hélicoptère sur le toit, du taxi devant l'entrée et de la camionnette de récupération de linge sale qui se trouvait à l'arrière de l'hôpital avait jeté une certaine panique au sein du personnel hospitalier, mais également parmi les patients.

Les pompiers et la police étaient tous focalisés sur ces destructions, essayant d'éteindre les incendies et de transporter les blessés. Les journalistes et les badauds étaient maintenus à l'écart par plusieurs policiers qui essayaient de les tenir à bonne distance par le biais d'un périmètre de sécurité. Une cellule de crise avait été immédiatement ouverte avec les principaux départements concernés afin de coordonner l'ensemble des actions et des décisions. Il régnait une atmosphère de chaos. Les flammes qui se dégageaient des différents incendies qui s'étaient déclarés dans la nuit créaient d'épaisses fumées. Les gyrophares des différentes unités intervenant sur le   site donnaient une impression de guerre. Et le chaos rend souvent invisibles les choses qui habituellement sortent de l'ordinaire.

L'ascenseur émit un bip suivi du nom de l'étage signalant qu'il était arrivé à destination. Les portes s'ouvrirent sur deux hommes. L'un de ces deux hommes était déjà intervenu quelques heures auparavant.

— Le poste de sécurité se trouve juste derrière les ascenseurs qui donnent sur l'entrée principale.

— On fait quoi, maître ?

— On leur demande de nous montrer les enregistrements des caméras de surveillance des deux dernières heures.

— Et s'ils refusent, maître ?

Le maître ne répondit pas à la question de son jeune assistant, la laissant en suspens. Mais il se rendait également compte qu'ils avaient déjà attiré pas mal l'attention sur eux par toutes ces fusillades et explosions. Il devait essayer de renouer le dialogue avec ces personnes, malgré les ordres qu'il avait reçus. On lui avait donné carte blanche pour mener à bien cette mission, mais il necomprenait pas pourquoi il devait absolument éliminer le jeune garçon dénommé Coldi. Toutefois, on ne lui demandait pas de comprendre les motifs, simplement d'exécuter les ordres.

Ils se rapprochèrent du poste de sécurité, essayèrent d'entrer, mais la porte était fermée. Il y avait un interphone avec une caméra à l'entrée. Le maître appuya sur le bouton de l'interphone, et une réponse se fit immédiatement entendre par le haut-parleur:

— Bonjour, que désirez-vous ?

Ils se regardèrent, sans savoir trop quoi répondre.

— Nous sommes de la police, et nous venons pour visionner les vidéos afin d'essayer de comprendre tout ce bordel dehors.

Patientez, on vous ouvre.

Au bout de quelques secondes, un bip, suivi du bruit de la gâche électrique commandant la serrure, les invita à entrer. Ils entrèrent et aperçurent qu'il y avait deux gardiens à l'intérieur du local, les deux gardiens n'ayant pas d'arme sur eux.

— Que pouvons-nous faire pour vous, messieurs ?

— Comme je viens de vous le dire, nous souhaitons visionner vos enregistrements vidéo des deux dernières heures.

— Justement, nous étions en train de caler le serveur vidéo, nous voulions revenir sur l'attaque de cet après-midi près des ascenseurs.

— Nous voulons seulement visionner les deux dernières heures.

— Ce n'est pas l'inspecteur Colmart qui vous envoie ?

Le maître et son auxiliaire se regardèrent et sortirent leurs armes.

— Messieurs, je vous ai demandé quelque chose de précis, alors on arrête de discuter, je n'ai pas le temps.

— Mais qu'est-ce qui vous prend, messieurs ?

À ce même moment, la vidéo de la première attaque de l'après- midi apparut sur l'écran de recherche, sur laquelle un des deux hommes qui étaient devant les gardiens correspondait exactement à celui de la vidéo. Les deux gardiens se regardèrent, et une détresse figea leur visage. L'un des gardiens essaya de se lever, mais une douleur fulgurante traversa sa poitrine. Sur le coup, il resta immobile, puis baissa les yeux vers l'endroit de la douleur pour apercevoir une trace rouge qui commença à s'étaler sur sa chemise blanche. Une dernière pensée pour sa fille Milena lui fit monter les larmes aux yeux, car sa femme avait disparu quelques mois auparavant d'un cancer fulgurant qui l'avait laissé veuf et sa fille sans maman. Et il s'effondra…

— Mais pourquoi avez-vous tiré ? On n'est même pas armés. C'était un réflexe de sa part plutôt qu'une attaque à votre encontre ! Le maître était fatigué de toutes ces tueries, et aimait de moins en moins cette situation. Le jeune complice, qui était resté de marbre, pointait son arme sur le second gardien quand le maître intervint :

— Non, attends, nous n'avons pas beaucoup de temps.

— Pouvez-vous nous montrer les deux dernières heures des caméras de surveillance ?

Le gardien, qui était à genoux près de son collègue, essayant d'arrêter l'hémorragie, ne répondit pas mais demanda de l'aide :

— Appelez les secours, s'il vous plaît ! Le tireur resta impassible.

— Nous sommes pressés. Nous n'avons pas de temps à perdre.

Le gardien se releva, il fit un signe affirmatif de la tête en regardant son jeune collègue allongé à ses pieds, où une petite mare de sang commençait à apparaître. Le gardien se rapprocha de la console et entra quelques commandes sur l'ordinateur et, avec sa souris, valida en cliquant sur quelques icônes à l'écran.

— Cela va prendre quelques minutes, car avec la coupure électrique, les caméras ont été coupées.

— Nous voulons visionner les dix minutes qui précèdent cette coupure et les dix qui la suivent.

Le gardien consulta sa montre à son poignet, et tapa sur l'ordinateur la plage horaire de recherche.

— Vous souhaitez voir quoi, exactement ?

— Contentez-vous de me montrer les différentes caméras, je vous dirai ce qu'il faut suivre.

— Est-il possible de montrer tous les enregistrements simultanément ?

— En théorie oui, mais notre serveur n'a pas été calibré pour ce genre de recherche, il n'est pas assez puissant en termes de processeur.

Le maître fit un signe de la tête à son aide.

— Où se trouve ce serveur ?

— Juste dans la pièce derrière.

— Mon aide va s'occuper de ce problème de puissance de processeur.

Le bras droit se dirigea vers la pièce et revint un court instant après.

— Vous pouvez lancer le visionnage sur tous les écrans, maintenant.

Le gardien s'exécuta en se demandant comment on pouvait quintupler un traitement d'images en si peu de temps. Il lança une nouvelle commande sur la console, persuadé qu'un message d'erreur allait apparaître indiquant que sa demande ne pouvait pas être prise en compte. Mais au lieu de cela, tous les écrans s'allumèrent sur les images enregistrées. Le défilement des images à grande vitesse sur autant d'écrans aurait pu donner le tournis à n'importe qui.

— Stop ! Où est située cette caméra ?

— Elle est face aux ascenseurs du cinquième étage.

On pouvait voir quatre personnes en train de discuter, et au moment où l'une de ces personnes regardait sa montre, l'écran devint noir.

— La coupure a duré combien de temps ?

— Une quinzaine de minutes.

— Positionnez-vous au retour du courant. Le gardien s'exécuta. Les images réapparurent.

— Stop ! Où se trouve cette caméra ?

— Elle se trouve dans un sous-sol, je ne sais trop où. Mais il n'y a rien. Juste un couloir qui donne sur une porte.

— Revenez en arrière sur cette caméra, et passez au ralenti.

— Je ne vois rien, maître.

— Stop !

On pouvait apercevoir un léger mouvement de porte. Pratiquement imperceptible pour l'œil d'un être humain normalement constitué.

— Où se trouve cette caméra ?

— Je ne sais pas ! Normalement, je ne la mets même pas en mode de visualisation, car il n'y a jamais rien.

— La codification qui s'affiche sur l'écran SSCCN7 indique quoi ?

— Sous-sol caméra couloir niveau 7, mais cela n'indique pas l'endroit précis. Cela peut être n'importe où.

— En cas de problème, comment faites-vous pour vous y retrouver ?

— Nous avons un manuel.

— Montrez-le-moi.

Le gardien se leva en essayant de ne pas marcher dans la mare de sang autour de son équipier qui gisait sur le sol. Il avait les plus sérieux doutes sur les chances qu'il avait de s'en sortir vivant. Mais que pouvait-il bien faire ? Il aurait bien essayé d'appuyer sur le bouton d'alarme, mais cela se traduirait par un retour sur les haut-parleurs lui demandant la nature du problème. La seule chance qu'il vît pour se sortir de ce guêpier était la venue d'un vrai policier. Il pouvait toujours prier, mais n'étant pas un fervent catholique, il avait peur que sa prière reste vaine.

Il venait de mettre la main sur le classeur de maintenance où   les plans des caméras étaient disposés. Il eut un dernier doute et se demanda s'il ne devait pas négocier sa vie.

— Alors ? Vous trouvez ?

— Oui, j'ai trouvé. Voilà.

Ils passèrent en revue la table des matières, pour aller au chapitre " Positionnement caméra vidéo ". Après avoir parcouru le modèle, la référence, le schéma de câblage et le paramétrage, ils arrivèrent au chapitre " Positionnement ". Ils cherchèrent la codification de la caméra.

— Le plan indique uniquement le positionnement physique, sans mentionner comment s'y rendre, maître.

— Ce n'est pas Google Maps, répondit le gardien… Il faudrait que l'on ait accès à leurs outils de maintenance en ligne pour avoir une information aussi détaillée.

— Comment ça ? Expliquez-moi ce que vous voulez dire.

Le gardien regarda la pendule accrochée au mur, et se demanda s'il valait mieux tout dire pour les faire partir rapidement, ou bien traîner en longueur, le temps que l'équipe de relève de jour débarque, dans une trentaine de minutes, en espérant qu'ils arrivent en avance. Mais que se passerait-il si l'équipe apparaissait ? Ces deux malades n'hésiteraient pas un instant à les abattre.

— Alors ?

— Oui, pardon. Je réfléchissais. Il faudrait avoir accès à l'outil de maintenance de la société qui a la charge de la gestion du site. Mais je n'ai pas le mot de passe permettant d'y avoir accès. Et si vous vous trompez trois fois, cela bloque le système, et plus moyen d'y avoir accès.

— Montrez-moi la page d'accueil.

Le gardien de sécurité s'exécuta. Le maître fit un signe de tête à son aide, comme pour confirmer son ordre. Le jeune aide plaça sur l'ordinateur un objet qu'il avait sorti de sa poche. Le système émit un petit bip, et plusieurs images saccadées vinrent s'afficher sur l'écran de contrôle avant que la page d'accueil n'apparaisse, avec l'encadré invitant à la recherche.

— Voilà maître, on peut démarrer la recherche.

Après quelques minutes de consultation, ils arrivèrent à leurs fins : ils avaient localisé la caméra.

— On fait quoi, maître ?

— Reprends les modules sur le serveur et l'ordinateur, efface tout et attends-moi devant les ascenseurs, j'arrive dans quelques secondes.

Le jeune aide quitta la pièce sans se préoccuper du gardien. Le maître se retourna et s'avança vers le gardien en sortant son arme et en la pointant sur lui.

— Je vais vous tirer dessus, ne bougez pas si vous voulez vivre.

Le gardien ne comprit pas ce que voulait dire le tueur, mais il ressentit une douleur fulgurante au niveau du cœur. La balle passa à quelques millimètres du cœur sans créer de dommages trop importants, ce qui lui permettrait d'être sauvé si les secours ne tardaient pas trop. Le maître se retourna pour partir, laissant affalé sur son siège le gardien qui se tenait la poitrine avec un regard ahuri.

— Si j'étais vous, j'appellerais les secours, car vous perdez trop de sang, et dans une minute, vous allez perdre connaissance.

Le maître rejoignit son aide, qui l'attendait devant les ascenseurs. On ne pouvait déceler sur son visage le moindre élément qui aurait trahi la moindre compassion.

— Que faisons-nous, maître ? Nous partons à leur recherche et nous les éliminons ?

Le maître ne savait pas trop quoi répondre. Il n'avait pas envie de répondre, mais il était obligé de le faire, car son apprenti n'hésiterait pas une seconde à l'éliminer s'il avait le moindre doute à son sujet.

Et en plus, il serait récompensé pour avoir réagi face à un usurpateur. Il était donc obligé de répondre :

— Nous les trouvons, et nous les éliminons tous après avoir récupéré le cristal.

Une bonne demi-heure s'écoula. Les deux tueurs arrivèrent devant la porte blindée où un badge était nécessaire pour l'ouvrir. Une fois de plus, ils sortirent le même objet de leur poche, qu'ils présentèrent au lecteur de badges. Les LED clignotèrent alternativement, LED rouge et LED verte pendant quelques secondes, avant qu'un bip ne se fasse entendre, suivi du bruit des différents vérins qui libéraientla porte.

— Je ne pense pas que leur système de surveillance refonctionne de sitôt, maître !

— Je préfère garder une certaine méfiance à l'égard de ces gens, ils sont si étranges, je n'arrive pas à comprendre leurs émotions et leurs limites. Autant nous savons à quoi nous sommes destinés au sein de notre société, autant j'ai l'impression que cette société est archaïque et sans ambition.

— Moi non plus, je ne les comprends pas ! Ils sont comme des insectes que nous pourrions écraser si facilement, pourquoi nous donner autant de mal avec ces gens ? Mais mon plus grand étonnement provient de leur ressemblance physique avec nous et de leurs multiples langages. Je me demande à quoi sert d'avoir autant de langues différentes ? Heureusement que nous avons notre propre *Symlium* qui nous permet de communiquer avec eux, car j'aurais du mal à imaginer devoir apprendre leurs dialectes.

— Entrons maintenant et regardons par où ils sont passés. Ils entrèrent dans la pièce, qui semblait vide.

— Ferme la porte, afin que nous ne soyons pas dérangés.

— Où sont-ils passés, maître ?

CHAPITRE XII : *Le tunnel*

L e petit groupe s'était légèrement assoupi pendant ces deux heures d'attente. Ils se réveillèrent en essayant de se rappeler où ils se trouvaient.

— Je pense que nous pouvons repartir, maintenant.

— La synchronisation s'est-elle bien passée, madame Foxter? On ressemble à Fantômas, avec nos masques.

— Oui, Albot, on peut le vérifier par la chrominance qui se dégage des vêtements : ils ont légèrement changé de teinte et sont visibles à l'œil nu. La synchronisation des signaux entre les différents éléments se solde par une sorte d'adhésion moléculaire avec les *nanodes*.

— Les *nanodes* ? Je pensais que l'on ne maîtrisait la technologie qu'en laboratoire?

— Disons que nos amis ont un peu d'avance. Profitons de ceque l'on nous offre et gardez les questions pour plus tard.

— Mais comment s'alimentent-elles?

— Via la température de votre corps à trente-six degrés Celsius, qui se comporte comme une centrale électrique.

Mme Foxter sortit de son sac quatre objets qui ressemblaient à des montres, mais aussi plats que trois feuilles de papier réunies :

— Passez ceci autour de votre poignet gauche.

— Une montre?

Effectivement, elle donne également l'heure et la date, mais si vous appuyez sur les deux boutons du haut, elle communiquera toutes les informations vous concernant : battements cardiaques, température du corps et température extérieure, calories dépensées, taux d'humidité, etc. Je vous remettrai un petit guide pratique à notre arrivée à Descendance. Retenez juste une information importante pour le moment: quatre couleurs peuvent illuminer le contour de cadran. Tant que votre cadran est bleu, tout va bien. Mais s'il devient orange, c'est qu'une anomalie s'est produite. L'appareil peut s'autodiagnostiquer et se réparer, mais vous devrez rester de nouveau immobiles.

— Et les deux autres couleurs ?

— J'y viens. Il arrive rarement des problèmes, mais le risque zéro n'existe pas. Si cela vire au rouge, je vous conseille de retirer la combinaison au plus vite.

— Pour quelle raison ?

— Disons que vous risqueriez de vous retrouver fortement à l'étroit et compressé. La couleur blanche vous indiquera que la combinaison est en mode d'autoréparation. Pour le moment, ne retenez que cela, les autres fonctionnalités vous seront communiquées plus tard ou pendant notre petit voyage. Et pour Fantômas, vous avez raison, Albot. Appuyez sur la touche en bas à gauche de l'appareil qui est à votre poignet.

Les masques commencèrent à devenir transparents, jusqu'à laisser apparaître les visages de chacun.

— On fait quoi, maintenant ?

— Nous allons emprunter ce tunnel, et ne traînons pas, nous y allons directement sans nous arrêter.

— Il nous mène où, ce tunnel ?

— Quelque part où nous serons en sécurité. Tout du moins, je l'espère… Et j'allais oublier : voici un sac disposant des mêmes propriétés que vos combinaisons. Vous devez mettre dedans tout ce qui est en métal : monnaie, montre, boucle de ceinture, bracelet, revolver, etc.

— On se croirait dans un aéroport. Et pour le fauteuil roulant, on fait quoi?

— On le laisse ici, mais nous allons devoir nous répartir les charges. Inspecteur, vous allez devoir porter le jeune Coldi, vous en sentez-vous capable?

— Tu pèses combien, Albot?

— Environ trente-cinq kilos, monsieur. Pourquoi?

— Cela devrait aller, mais je sens que le trajet va me paraître long.

— Vous, monsieur Hamler, vous porterez le sac.

— Pourquoi toutes ces précautions?

— Comme je vous l'ai expliqué, mais peut-être pas assez clairement. La zone froide et chaude que nous allons traverser endommagera ces objets avec le risque, en plus, de vous blesser, voire de vous tuer.

— Quand vous dites zone froide et chaude, vous diriez quelle température?

— Disons proche de la température de cryogénie et proche de celle de la lave d'un volcan.

— Vous voulez me faire croire que ce tunnel est constitué de la température la plus basse qui puisse exister, qui est d'environ moins cent cinquante degrés Celsius, et qu'elle peut aussi être proche de la température de la lave qui varie entre sept cents degrés Celsius et mille deux cents degrés Celsius?

— Oui, et avec un niveau d'énergie électromagnétique proche de mille teslas.

— Et vous voulez nous faire entrer là-dedans, avec ces pyjamas qui nous ont été donnés?

— Écoutez, nous ne pouvons pas faire autrement. Soit on passe, soit on reste et on fait marche arrière, mais je pense que nos petits amis nous suivent et ne vont pas tarder à nous rattraper. Ces combinaisons sont étudiées pour ces environnements et peuvent supporter tout ceci. Mais nous ne devrons pas nous arrêter, car elles peuvent le supporter, mais pas éternellement. Une fois que nous entrerons dans la première zone, nous ne pourrons plus nous arrêter. Il n'y a pas de bouton d'arrêt d'urgence. Si l'un de nous venait à s'arrêter, il ne pourrait plus repartir. Ce tunnel fait mille mètres de long. Mais sachez que vous devrez parcourir ces mille mètres le plus vite possible sans vous arrêter.

— Je ne comprends rien à vos histoires.

— Écoutez, faites ce que vous voulez, moi j'y vais, messieurs, et je porterai le jeune Coldi s'il le faut.

Il y eut un moment de silence, pendant lequel l'inspecteur se demanda dans quoi il s'était embarqué.

— Qu'attendons-nous ? Allez, go !

Le petit groupe arriva devant l'endroit où le tunnel était supposé débuter, car rien n'indiquait le début de celui-ci. L'inspecteur fit signe au jeune Coldi de monter sur son dos, il prit une grande respiration, comme s'il devait plonger en apnée en mer, et s'avança. Avec le jeune Coldi sur le dos, il avait déjà parcouru trois cents mètres et il se demandait s'il arriverait jusqu'au bout. Il ne ressentait pas le froid, mais ses vêtements étaient cassants, sa veste était en lambeau du fait de la friction du corps du jeune Coldi et tous ses vêtements étaient devenus blancs à cause du froid intense qui régnait dans le tunnel. Il fermait la marche en se posant de plus en plus de questions sur Descendance.

— Helena, je n'y arriverai pas. Je n'arrive plus à tenir debout.

— Nous sommes presque à mi-parcours, inspecteur. Il nous reste six cents mètres à parcourir.

— C'est censé me motiver ?

— Quand vous n'en pourrez plus, appuyez simultanément sur les trois touches de votre appareil. Mais vraiment seulement en cas de nécessité extrême. Les *nanodes* pourront vous aider, mais pas plus de cinq minutes. Ensuite, elles se mettront en veille et vous n'aurez plus aucune protection.

Ils avaient dépassé la zone froide et étaient à mi-parcours dans la zone chaude. Il leur restait environ deux cent cinquante mètres à parcourir quand l'inspecteur s'effondra avec le jeune Coldi.

— Allez ! Debout, inspecteur, nous y sommes presque.

Mme Foxter s'approcha de l'inspecteur et appuya sur les trois touches du cadran. Les *nanodes* se mirent en mode d'urgence, amplifiant par cent chaque muscle de leur hôte.

— Monsieur Hamler, je vous conseille de faire de même sur votre appareil, nous ne pouvons pas nous arrêter. Maintenant, il ne nous reste plus qu'une minute pour sortir d'ici.

L'inspecteur sentit sa force décupler. Il se remit debout avec le jeune Coldi dans les bras et commença à piquer un sprint, suivi de son collègue et de Mme Foxter. Le cadran de l'appareil commença à changer de couleur et à virer à l'orange, ils commencèrent à sentir la chaleur de l'environnement sur leur peau. Ils essayèrent d'augmenter leur vitesse. L'inspecteur ferma les yeux comme un sprinter qui essaie de franchir la ligne d'arrivée aux Jeux olympiques, sauf que là, il n'avait aucun point de repère lui permettant de se situer et il s'effondra.

Quand il revint à lui, il était entouré du jeune Coldi, d'Hamler et de Mme Foxter.

— Alors inspecteur, on voulait s'entraîner pour les prochains Jeux olympiques ?

Il avait la bouche desséchée, et plus aucune force, il se sentait paralysé.

— Ne vous inquiétez pas, les *nanodes* sont en mode de veille et d'autoréparation, ne bougez plus.

— Oui, mais qui va réparer mes chaussures ? Le froid et ensuite la chaleur ont fini par avoir la peau de mes vieilles Weston. Quand je pense au prix que je les ai payées, et au soin que j'ai apporté à leur entretien.

— Je vois que vous avez su garder votre humour, inspecteur. Nous vous achèterons une nouvelle paire quand nous sortirons de ce guêpier. Nous pouvons prendre un peu de temps maintenant, je ne pense pas que nos amis soient équipés pour cette expédition.

— Et s'ils l'étaient ?

— Peut-être portent-ils également un pyjama. Mais je ne pense pas que leur module soit compatible.

— Comment ça ?

L'énorme champ magnétique dans ce tunnel sert également à nos *nanodes* pour supporter la surcharge que représentent ces températures extrêmes. Nos *nanodes* s'alimentent de la température de notre corps pour fonctionner, comme je vous l'ai dit. Mais elles utilisent également le champ magnétique terrestre et les ondes radio pour s'alimenter en cas de besoin. Et dans ce cas précis, le champ magnétique est encodé pour travailler uniquement avec vos modules. Dans le cas contraire, les *nanodes* seraient inhibées à mi-parcours, et vous pouvez deviner la suite…

— C'est sûr que je n'aimerais pas me retrouver en panne à mi-chemin, je n'ose imaginer.

— À moins deux cent soixante-douze degrés Celsius, vous êtes gelé instantanément et à mille degrés Celsius, vous fondez littéralement, mais dans les deux cas, vous n'avez pas le temps de souffrir, votre mort est instantanée.

— Une question me vient à l'esprit : comment avons-nous réussi à respirer à ces températures extrêmes ?

— Et à courir ? ajouta l'inspecteur.

— Les *nanodes* sont capables de transformer l'eau en oxygène, et votre sueur est composée principalement d'eau. Dans ce cas précis, elles convertissent votre sueur en oxygène afin de vous aider à respirer. Les *nanodes* se comportent comme une seconde peau, elles pourront même bientôt réparer les tissus humains en cas de brûlure ou de petite plaie. Elles peuvent mettre à jour leurs codes comme sur un ordinateur, mais elles peuvent également communiquer entre elles pour s'entraider. Je vais vous montrer.

Mme Foxter saisit la main de l'inspecteur et son module prit aussitôt la même couleur que celui de l'inspecteur.

— Mon module entre en contact avec le vôtre afin de voir comment mes *nanodes* peuvent apporter leur aide.

Le module de l'inspecteur et celui de Mme Foxter se teintèrent d'une couleur bleutée indiquant que l'autoréparation était terminée.

— Nos systèmes se sont combinés pour accélérer le processus de réparation.

— Et maintenant, on fait quoi?

— Nous sommes presque arrivés et nous allons pouvoir nous reposer, le temps de reprendre des forces.

— Oui, mais où sommes-nous arrivés exactement?

— C'est un endroit qui est un peu plus loin que l'endroit où nous étions précédemment.

— Un peu plus loin ? Pourriez-vous être un peu plus précise, je suis un peu méfiant depuis le coup des températures du tunnel.

— Nous sommes dans la toundra. Voilà.

— C'est un quartier de Paris, ça?

— Non, monsieur Hamler, c'est…

— Ne me dites pas que vous parlez de la toundra en Antarctique?

— Nous sommes sous un volcan en sommeil, à une petite dizaine de minutes de marche de notre destination.

— Sauf que je ne vois pas par quel miracle nous avons atterri ici! Et qu'est-ce que l'on fout ici ?

— Nous pourrons en parler quand nous arriverons sur le site. Maintenant, debout et avançons.

L'inspecteur leva les yeux au ciel pour signifier qu'ils étaient en plein délire. Mais il était trop fatigué pour émettre la moindre réclamation, et il se sentait trop désorienté par toutes les informations qu'il devait absorber et comprendre. Tout ce qu'il souhaitait en ce moment, c'était une douche et un bon lit. Mais il doutait fortement que la destination qui était la leur puisse leur donner ce qu'ils attendaient.

Cela faisait dix minutes qu'ils marchaient dans la montagne. L'éclairage intérieur était produit par une sorte de peinture et émanait du sol et des murs. Cela permettait de se déplacer, sans pour autant remplacer l'éclairage d'une lampe. Ils arrivèrent devant un mur de roche. Mme Foxter sortit un objet de sa poche qu'elle plaça dans un interstice. Un petit bruit se fit entendre, qui résonna dans la caverne où ils se trouvaient. Mais rien ne se passa. Elle réessaya à deux reprises, sans autre résultat que cet unique bip.

— Que se passe-t-il, Mme Foxter ?

— Le système refuse de reconnaître ma clé!

— Et que faisons-nous, maintenant? On peut sortir d'ici?

— Le seul passage est celui-ci ou bien le tunnel d'où nous venons. Et nos combinaisons ne pourront pas supporter un autre passage si rapproché dans le tunnel.

— Alors on fait quoi?

— Honnêtement, je ne sais pas… Nous sommes un peu, comment pourrait-on dire… coincés.

La phrase jeta un froid dans le petit groupe. Ils ne pouvaient ni avancer ni reculer, et la faim commençait à se faire sentir.

— Quand vous parlez de clé, que voulez-vous dire ? Car je ne vois aucune serrure sur cette satanée porte.

— J'emploie le terme de clé, mais ce n'est pas à proprement parler une clé comme vous pouvez l'imaginer. Il s'agit d'une sorte de cristal qui a une certaine propriété, et dont l'une est d'être capable d'émettre un code par résonance sur une certaine longueur d'onde permettant de déverrouiller certaines portes. Mais apparemment, pas celle-ci…

— N'y a-t-il aucun autre moyen d'ouvrir cette putain de porte ?

— Si l'un de vous possède un de ces cristaux, c'est le moment qu'il le dise.

Elle avait dit cela sur le ton de la plaisanterie, sans imaginer un seul instant qu'elle venait de générer un déclic dans le cerveau d'Albot.

— Justement, madame, j'ai peut-être un autre cristal. Je ne sais pas s'il pourra ouvrir cette porte, mais on peut toujours essayer.

Tous les regards se tournèrent vers Albot, et il eut l'étrange impression de se retrouver dans la peau d'un petit voleur qui venait de se faire attraper.

— Comment ça, vous avez un cristal ? Vous l'avez trouvé où ? Qui vous l'a donné ?

Albot fut complètement perturbé par toutes ces questions, et il n'était pas disposé à fournir la moindre information sur le sujet avant de savoir à qui il avait à faire.

— Mon père me l'a donné, mentit-il.

— Que vient faire ton père là-dedans ?

— C'est une longue histoire, monsieur Sad. Et ce n'est ni l'heure ni le moment d'en débattre. On verra cela plus tard.

— Prêtez-moi votre cristal que je puisse l'essayer sur cette porte !

Albot mit sa main dans la poche intérieure de son manteau, mais une désagréable sensation le fit paniquer.

— Mon cristal n'est plus dans ma poche ! Merde, où est-il ? Je suis certain que je l'avais dans ma poche avant d'entrer dans ce foutu tunnel, j'en suis sûr car j'ai vérifié pendant que nous étions assis à attendre que nos combinaisons se synchronisent. Je ne vois qu'une réponse, il a dû tomber lorsque l'inspecteur s'est écroulé avec moi. Le manteau avait dû subir une forte détérioration avec le froid, et la poche a dû céder. Il faut que je retourne là-bas le récupérer.

— Tu n'es pas en état, Albot, l'inspecteur est K.-O. et la combinaison de Mme Foxter est encore en phase d'autodiagnostic. Il ne reste plus que moi.

— M. Hamler a malheureusement raison. Il n'y a que lui qui puisse y retourner dans l'immédiat. Monsieur Hamler, approchez que je vérifie votre module de contrôle. Hum, vous avez juste de quoi faire un aller-retour sans traîner.

— À quoi ressemble ce cristal ?

Mme Foxter sortit le sien de sa poche et le tendit à l'adjoint de l'inspecteur. Sa légèreté le surprit.

— C'est ça, votre machin de cristal ? On dirait un simple morceau de verre. Enfin, pour ce que j'y connais, moi, en techno… Je viens juste de me séparer de mon bon vieux Minitel… Donc bon, si vous me dites que c'est une clé, eh bien on dira que c'est une clé. Du moment que ce machin nous permet de sortir d'ici.

MmeFoxter leva les yeux au ciel mais ne fit aucun commentaire.

— Écoutez monsieur Hamler, vous avez seulement sept minutes environ pour faire un aller-retour. Je vais programmer votre module pour qu'il sonne à la moitié du temps et à une minute avant la fin du temps. Votre combinaison n'est pas en état de se mettre en mode Superman, donc vous ne pouvez compter que sur vous-même. Économisez-vous, gardez des forces pour le retour, ne courez pas à l'aller. Je vais vous accompagner jusqu'à l'entrée du tunnel.

— Non, *nous* allons vous accompagner.

Elle se tourna vers Albot, et s'apprêta à ouvrir la bouche pour émettre un refus. Mais elle se rétracta en voyant dans les yeux de l'enfant sa volonté de l'accompagner. L'inspecteur quant à lui dormait à poings fermés.

— Ne perdons pas de temps, allons-y, laissons l'inspecteur se reposer, il n'est pas en état de nous accompagner.

Et le petit groupe se tourna vers l'entrée du tunnel.

— Monsieur Hamler.

— Appelez-moi Sad, s'il vous plaît.

— Sad, surtout, faites bien attention, ne prenez pas de risque inconsidéré.

— Au fait, je fais quoi, si je me retrouve nez à nez avec nos poursuivants ?

La question resta sans réponse, car, sans attendre, Sad s'était déjà éloigné.

CHAPITRE XIII : Sauvetage

Le maître avait réussi à décoder le système d'ouverture de la pièce, et avait utilisé la même trappe. Lui et son aide réussirent à trouver la bonne galerie grâce aux empreintes laissées au sol et ils étaient presque arrivés devant le tunnel. Le maître s'arrêta. Il avait senti que quelque chose clochait. Il avait remarqué des traces sur le sol, comme si le groupe qu'il traquait s'était reposé. Il se demanda pour quelle raison ces gens avaient marqué un temps d'arrêt, alors qu'ils se savaient poursuivis par des tueurs.

— Que se passe-t-il, maître ?

— Tu n'as pas remarqué que le froid s'intensifiait ?

— Si, mais je le ressens surtout sur le visage car ma combinaison me protège du reste.

— Quelque chose ne va pas. Ce n'est pas normal. Équipons-nous de nos masques et de nos gants à partir d'ici. Car si ma mémoire est bonne, ce tunnel ressemble à un des premiers passages qui ont été construits ici.

— Je ne comprends pas, maître.

Les Européens avaient construit à l'époque un accélérateur de particules de vingt-sept kilomètres de diamètre, les chercheurs avaient placé énormément d'espoir sur cet instrument. Leur objectif de recherche était le boson de Higgs, qu'ils considéraient un peu comme le saint Graal de la recherche. Nous avons essayé de retarder le démarrage de celui-ci par quelques interventions visant à les décourager, mais en essayant de ne pas trop attirer l'attention. Nous étions déjà intervenus par le passé aux

États-Unis sur un de leurs accélérateurs, et il était difficile de recommencer aussi clairement avec celui-ci.

— Et que s'est-il passé ensuite?

— Ce qui devait arriver arriva… Ils ont créé une sorte de trou noir, ce qui revient à ouvrir la boîte de Pandore. Au début, tous   les scientifiques fêtèrent cette découverte, tous les chefs d'État du monde voulurent venir voir, comme dans un musée, le phénomène. Mais, lors de l'une de ces visites, un incident survint, tuant un chef d'État et tout son état-major. Le trou noir avait doublé de volume   et les personnes autour furent aspirées. Ils firent passer l'incident pour un accident d'avion, ils récupèrent des corps d'inconnus qu'ils carbonisèrent et renvoyèrent dans leur pays, et personne ne trouva à redire. Le problème est qu'une fois que le trou noir a été créé, ils n'eurent pas la compétence pour le contrôler. C'était une découverte accidentelle, à laquelle ils n'étaient pas préparés. Le trou était instable et grossissait à vue d'œil, risquant de tout détruire. La communauté scientifique se relaya pendant des mois sans succès. C'est alors que notre organisme s'est réuni pour déterminer si nous devions intervenir, aider ou pas. Après plusieurs débats assez virulents, il y eut scission. Car une majorité décida de ne rien faire tandis qu'une minorité voulait intervenir. La minorité créa son propre organisme et décida d'envoyer un représentant en cachette pour les aider à fermer ce trou noir. Un scientifique se porta volontaire pour y aller sans possibilité de retour, car cette minorité ne possédait pas l'infrastructure nécessaire pour revenir.

— Ce scientifique s'appelait Hernest Ziegler. Il avait les compétences pour contrôler ce trou noir mais ne savait pas comment aborder les gouvernements et les scientifiques pour les convaincre de sa bonne foi. Il eut peur qu'on le prenne pour un illuminé et qu'on l'interne en psychiatrie ou en prison. Il décida de faire parvenir des documents contenant des formules mathématiques inconnues aux plus grands chercheurs mondiaux de l'époque afin d'attirer leur attention, puis il se présenta devant eux.

— Les scientifiques furent d'abord sceptiques, mais après qu'il eut expliqué la solution, les gouvernements les plus industrialisés et leurs chercheurs les plus récalcitrants se regroupèrent à huis clos pour l'écouter. Ils mirent près de deux ans pour parvenir à contrôler le trou noir et à le transformer en un noyau à fort potentiel énergétique ne représentant plus aucun danger pour l'humanité. Ziegler avait intégré une formule mathématique lors de la transformation du noyau dans l'espoir de trouver le moyen de rentrer chez lui. Mais de notre côté, nous avions pu introduire un de nos agents au sein du conglomérat scientifique, qui réussit à trafiquer les formules, créant un tunnel temporel afin d'éliminer Ziegler.

— Tous les pays voulurent participer à cette aventure, car ils voyaient déjà tous les bénéfices qu'ils pourraient en tirer en termes de saut technologique. Ils construisirent un tunnel alimenté par ce noyau au-dessous de l'accélérateur de particules, en faisant passer les travaux pour un ajout et une modification de celui-ci. Une fois le tunnel terminé, des bruits s'ébruitèrent sur des problèmes de stabilité de température, mais je ne sais pas trop de quoi il retournait. Ils ont d'abord expédié des robots, mais la température extrême qui y régnait n'était pas propice à cette technologie. Ensuite, ils ont envoyé des soldats et des scientifiques avec des combinaisons spéciales. Mais ils ne sont jamais revenus. L'engouement fut de courte durée, car une crise financière mondiale organisée par nos soins mit à mal la poursuite des recherches, faute de budget. Et tout le monde rentra au bercail la queue entre les jambes. Le tunnel resta en l'état…

— Vous voulez dire qu'il est encore en état de fonctionnement ?

— Je pense que oui. Et nous allons nous en apercevoir très rapidement. Par contre, je ne sais pas où il nous mènera.

Quand ils pénétrèrent dans la première zone, ils purent constater sur le cadran des contrôleurs qu'ils portaient au poignet la vertigineuse descente de température à moins cent quarante-cinq degrés Celsius.

— Heureusement, maître, que vous avez réagi, nous serions instantanément morts. Nous n'aurions même pas eu le temps de réaliser ce qui se passait.

— Non, en effet.

Le maître faisait dérouler sur son cadran les informations concernant sa combinaison et quand il arriva au paramètre électromagnétique, il se figea.

— Vite, jette ton arme à terre et tout objet métallique que tu as dans les poches.

Ils eurent à peine le temps de se débarrasser de leurs armes, qui étaient devenues blanches à cause de la température extrême qui régnait dans le tunnel. Les armes se fragmentèrent en dizaines de morceaux dès qu'elles eurent touché le sol. Même les balles se fragmentèrent, laissant la poudre et les billes se répandre sur le sol.

— Et les autres armes, maître ?

— L'alliage qui les compose, titane et carbone, les protège de ce genre d'inconvénient. Poursuivons notre chemin.

— Maître, regardez là-bas ! On dirait que quelqu'un approche…

— Tu as raison.

Sad approchait de l'endroit où l'inspecteur était tombé avec le jeune Coldi, mais il ne voyait rien au sol et commençait à désespérer. Son module indiquait qu'il lui restait moins de trente secondes pour trouver l'objet avant de devoir rebrousser chemin. Il refusait d'imaginer revenir bredouille. Car s'il n'était pas certain que ce foutu cristal puisse ouvrir cette putain de porte, il restait quand même leur seul espoir. Sad était trop préoccupé à regarder le sol à la recherche de l'objet pour s'apercevoir du danger qui se rapprochait.

Soudain, il aperçut un objet au sol, quelque chose de translucide, presque invisible à l'œil nu, sans réussir à le localiser précisément. Son regard avait beau fixer l'endroit en se concentrant au maximum, il n'y arrivait pas. Il se demanda si son imagination ne lui jouait pas des tours, quand tout à coup il l'aperçut. Son module se mit à biper au même instant, indiquant qu'il était temps de faire marche arrière.

— Super, juste au bon moment, on dirait que la chance commence enfin à tourner.

Il se baissa pour ramasser le cristal, en le trouvant aussi léger qu'une plume.

— Incroyable, comment ce machin peut-il être aussi léger ?

Il n'avait pas vu les tueurs s'approcher. Ils n'étaient plus qu'à dix mètres de lui.

— Il est léger et il le sera encore plus quand vous me l'aurez donné. Allez, donnez-moi ça et je vous laisse partir.

Sad fut surpris et resta bouche bée. L'un des deux poursuivants s'approcha de lui la main gauche tendue pour réclamer son dû, tout en tenant dans sa main droite une sorte de revolver, mais pas comme celui qu'il utilisait d'habitude, quand, tout à coup, il s'écroula et s'enflamma. Sad en resta pantois et paralysé par l'horreur qui se déroulait devant ses yeux. Il sortait de sa transe quand le second tueur ouvrit la bouche pour demander ce qui se passait, paraissant surpris.

— Merde !

Sa combinaison commença à émettre un bip d'alerte. Il regarda son module qui lui indiquait " déphasage ! " Il regarda Sad, il savait pertinemment qu'il ne lui restait que quelques secondes à vivre. Sad ne savait pas quoi faire, car son module sonnait de plus en plus fort. Il pouvait rattraper la minute perdue en piquant un sprint, mais, en même temps, il savait que la personne qui se tenait en face de lui allait mourir. Il mit le cristal dans sa poche en s'approchant de l'individu figé devant lui. Il lui prit la main et lui dit:

— Courez !

Le maître ne comprit pas bien ce qui se passait mais remarqua que le bip de son module s'était atténué. Et il ne se le fit pas dire une seconde fois. Il lâcha son revolver en titane et se mit à courir main dans la main avec l'une des personnes qu'il devait abattre. Ils coururent à perdre haleine, ils couraient pour leur survie car si l'un des deux venait à tomber ou lâchait la main de l'autre, la mort serait immédiate pour l'un comme pour l'autre.

L'inspecteur à son réveil s'attendait à se trouver sur un lit au lieu de ce sol de pierre. Ne trouvant personne auprès de lui, il comprit que quelque chose clochait. Il décida de rebrousser chemin, car il n'y avait pas beaucoup d'autres possibilités.

— Alors inspecteur, Morphée vous a laissé sortir ?

— Combien de temps ai-je dormi ?

La question resta en suspens, car ils venaient d'apercevoir Sad qui revenait en courant en tenant une personne par la main !

— Mais qu'est-ce qu'il fout ? C'est qui, l'autre gars à qui il donne la main ?

— La bonne question, inspecteur, c'est plutôt pourquoi il lui tient la main ?

Les *nanodes* étaient en surcharge, elles n'arrivaient plus à se synchroniser et à se mettre en phase. Elles perdaient leur énergie et n'arrivaient plus à stabiliser l'équilibre de la structure moléculaire. Elles étaient en train de mourir et par la même occasion de tuerleurs hôtes. Elles étaient programmées pour protéger la personne qui portait la combinaison et, comme un fidèle chien, elles se sacrifieraient pour le porteur. Sad et le maître savaient qu'ils n'arriveraient jamais à destination sans un miracle, et si le miracle devait avoir lieu, il devait se produire maintenant, ou bien ils mourraient tous les deux carbonisés comme l'autre gars, tout à l'heure. Au moins, ils n'auraient pas le temps de souffrir, la mort serait immédiate.

Simultanément, des bips stridents sur les deux modules se firent entendre pour signaler l'atteinte du point de non-retour. Sad savait qu'il n'y arriverait pas, il devait au moins sauver les autres. Il mit sa main dans sa poche pour prendre le cristal et le lancer. Mais prendre le cristal en courant n'était pas une mince affaire. Il finit par le tenir entre ses mains et au moment où il s'apprêtait à le lancer, les bips s'atténuèrent. Le cristal était en train d'apporter l'énergie nécessaire permettant d'atteindre le bout du tunnel.

Ils s'effondrèrent littéralement une fois arrivés, lâchant le cristal qui partit en glissade jusqu'aux pieds de Coldi. Ils étaient hors d'haleine, n'arrivant pas à reprendre leur souffle. Ils avaient l'impression que leurs bronches étaient en feu, et que leur peau était collée à cette foutue combinaison, ne faisant plus qu'une avec elle.

— Il faut que j'enlève ce truc, aidez-moi à enlever ce truc !

— NON ! Surtout pas ! Ne retirez rien, ne bougez plus… Si vous retirez quoi que ce soit, vous êtes mort !

— Mais le module est au rouge, vous nous avez dit de l'enlever immédiatement s'il virait au rouge.

— Et maintenant, je vous dis de le garder, et de ne plus bouger.

— Mais je…

— Taisez-vous et ne bougez plus. Gardez l'ensemble de vos équipements, masque et gants.

Les *nanodes* ayant puisé toute l'énergie où elles pouvaient, elles avaient donc limité les fonctionnalités de la combinaison au strict minimum, rendant ainsi le masque complètement opaque. On ne pouvait plus discerner aucun trait du visage ni du tueur ni de Sad.

Mme Foxter avait parlé avec une telle autorité que Sad et le maître n'osèrent plus prononcer le moindre son.

— Vous autres, restez là et reposez-vous, je vais voir si ce cristal est capable d'ouvrir cette satanée porte. Albot, accompagnez-moi, s'il vous plaît, j'ai comme un pressentiment que ce cristal ne pourra fonctionner qu'avec vous. Je ne comprends pas d'ailleurs comment il a pu aider Sad tout à l'heure. On revient vous chercher, et vous, inspecteur, surveillez notre cher tueur.

— Vous voulez que je le tienne en joue avec mon index ?

— Non, avec ceci.

Elle lui tendit un revolver qui était dans le sac qu'elle portait.

CHAPITRE XIV : La porte

Le petit groupe repartit dans la direction de la porte qui refusait de s'ouvrir. Ils avaient bon espoir que le cristal récupéré par Sad pourrait ouvrir cette satanée porte, sous peine de rester bloqués dans ce tunnel pendant un long moment, sans eau ni nourriture.

Quand ils arrivèrent devant la porte, Mme Foxter avança le cristal devant le module qui devait servir de serrure. Mais rien ne se passa. Elle insista en tournant le cristal dans tous les sens, mais rien n'y fit. La porte resta close.

— Peut-être que ce cristal est cassé ou bien déchargé suite au passage dans le tunnel ?

— Ou bien il n'est pas la clé qui permettrait d'ouvrir cette porte.

— Je peux récupérer mon cristal ?

— Oui, bien sûr. Reprenez-le.

Elle le tendit à Albot d'un air dépité, et au moment où le cristal toucha la main du garçon, il devint opaque pendant une fraction de seconde, avant de reprendre sa translucidité. Personne n'avait remarqué ce changement, hormis Albot qui avait senti un léger picotement au bout de ses doigts, ce qui lui avait immédiatement fait regarder sa main qui tenait le cristal, et apercevoir ce bref changement.

— Vous avez vu ?

— Quoi ?

Ni Mme Foxter, ni les autres n'avaient remarqué le changement de comportement du cristal.

— Eh bien, le cristal est devenu opaque pendant une fraction de seconde.

— Comment ça ? Ce cristal est translucide, je n'ai pas d'information sur le fait qu'il puisse changer de couleur ou je ne sais quoi !

Elle avait formulé sa phrase avec une certaine agressivité et une intonation qui lui avait fait froid dans le dos.

— Pardon, j'ai dû mal voir. Mais comme il y a eu un petit picotement au même moment, j'ai…

Mme Foxter se retourna et le foudroya du regard.

— Un picotement ?

L'inspecteur Colmart venait d'apparaître derrière eux.

— Peut-être que ce cristal est lié à Albot, et qu'à son contact il s'est régénéré ou débloqué ? Mais je n'y connais rien en technologie. J'arrive déjà à peine à utiliser mon grille-pain.

— Ce n'est pas idiot, pour une fois, commissaire. Excusez-moi, Albot, je me suis laissée emporter par la frustration de ne pas pouvoir ouvrir cette porte. Je me suis adressée à vous comme si cela était votre faute.

Mais l'inspecteur, qui n'avait pas apprécié la petite pique lancée par Mme Foxter sur son intelligence :

— Je suis inspecteur et non commissaire, Mme Foxter. Car, comme vous vous le rappelez sûrement, je vous dois en partie cette rétrogradation.

— Je pense qu'il y a maintenant prescription. Et vous n'allez pas ressasser cet épisode toute votre vie. Vous avez servi de fusible, voilà tout. J'ai ma conscience pour moi.

— Et moi de la rancœur à votre encontre. Mais comme tout bon petit soldat qui se respecte, je suis à vos ordres une fois de plus. Avec une forte chance, cette fois-ci, de me retrouver agent de la circulation à notre retour.

Albot sentit une légère gêne dans le silence qui venait de s'installer.

Il décida de revenir au problème du moment :

— Je pense que nous sommes tous dans le même bateau. Vous

permettez que j'essaie ?

— J'allais vous le proposer.

Albot présenta son cristal devant le module. D'abord, rien ne se passa. Puis vint un petit bip suivi d'un bruit de vérin et d'un léger grincement. Et la porte s'ouvrit !

— Même pas besoin de dire la phrase : "Sésame, ouvre-toi."

C'était la première bonne nouvelle depuis un moment, ils espérèrent que la chance allait enfin tourner en leur faveur.

— Eh bien, nous y voilà.

— Vous pensez qu'il y a quoi, à l'intérieur ?

— Entrons et nous verrons bien.

Dès qu'ils eurent franchi la porte, une lumière éclaira le couloir qui donnait sur une seconde porte.

— Non, pas encore une porte !

— Je pense que c'est un sas, il faut que cette porte soit fermée, pour que l'autre puisse s'ouvrir.

— Et si c'était un piège ? Et que l'on reste coincés ici, dans ce couloir ?

— Je crois que nous n'avons pas trop le choix, nous devons avancer. Et je ne vois pas de squelette dans ce couloir de toute façon.

— Il y a quelque chose que j'ai omis de vous dire au sujet des combinaisons.

— Quoi, qu'elles s'autodétruisent ?

— Non, mais elles peuvent s'arrêter ou se mettre en veille. Elles peuvent être alimentées uniquement de trois façons : soit par notre chaleur corporelle, et donc par l'énergie que nous dégageons, plus précisément par la dissipation calorifique de notre corps ; soit par le même principe que la photosynthèse, et ici, il n'y a pas trop de soleil, et apparemment ces lumières n'en produisent pas ; soit enfin par le champ magnétique, mais celui du tunnel n'est pas très indiqué pour le moment. En résumé, si nous ne trouvons pas à manger et à boire dans les douze heures maximums, nous serons en perte d'énergie, et donc pas de retour possible.

— C'est ce qui s'appelle tomber de Charybde en Scylla.

— Ne perdons pas de temps, alors. Je vais aller chercher Sad et notre invité le tueur avant d'aller plus loin. Attendez-moi ici, je me dépêche de faire l'aller-retour.

L'inspecteur Colmart retourna chercher son collègue et leur invité. Mme Foxter et Albot sortirent du couloir pour attendre à l'extérieur le retour de l'inspecteur. Et la porte se referma immédiatement.

— J'espère que le cristal pourra ouvrir de nouveau cette porte.

L'inspecteur revint une trentaine de minutes plus tard, avec Sad tenant le maître en joue. Albot était fatigué, et l'absence de médicament antidouleur commençait à se faire sentir.

— Vous êtes bien pâle, Albot? Vous vous sentez bien?

— Pour parler franchement, pas trop. J'ai des élancements, et nous sommes partis en oubliant de prendre mes médicaments.

— Que pouvons-nous faire?

— Pas grand-chose, je le crains. Sauf si l'un de vous a des antidouleurs ? Je me contenterais même d'un simple Doliprane.

— Dommage que le nouveau *firmware* des *nanodes* ne soit pas encore au point, cela nous aurait permis de vous aider. Qu'attendons-nous? Entrons. Peut-être trouverons-nous des choses à l'intérieur qui pourront vous soulager.

Albot positionna de nouveau le cristal sur son socle, et la porte s'ouvrit. Le petit groupe pénétra dans le couloir, qui s'éclaira de nouveau. Ils avancèrent jusqu'à la seconde porte. Albot positionna une nouvelle fois son cristal sur le socle encastré dans le mur. La première porte se referma, et la lumière s'éteignit juste après. Ils étaient dans le noir le plus complet.

— Tapez deux fois sur votre tempe droite, s'il vous plaît.

Immédiatement, le masque compensa le manque de lumière.

— C'est le mode nocturne, une sorte d'infrarouge. Cela vous permet de vous déplacer dans le noir.

— Et on fait quoi, maintenant, grogna l'inspecteur, à part jouer les chauves-souris ?

— Les chauves-souris se déplacent sur le principe de l'onde radar et non par infrarouges, précisa Albot.

Mme Foxter émit un petit gloussement enveloppé dans une légère quinte de toux.

— Les émissions sur la vie des animaux qui passent à la télé après une heure du matin me permettent de m'endormir. Donc les chauves- souris, les chouettes ou tout autre animal capable de se déplacer la nuit, je m'en contrefous. Par contre, si vous connaissez un animal susceptible d'ouvrir cette putain de porte, je suis tout ouïe.

— On reste calme, inspecteur, attendons quelques minutes.

— Pourquoi attendre ? C'est clair, pourtant ! Cette putain de porte ne s'ouvre pas avec ce dessous-de-plat à la con !

— On fait marche arrière et puis voilà.

— Albot, ouvre-moi la première porte, s'il te plaît.

— Oui, bien sûr, inspecteur. Ça ne va pas ?

— Disons que je suis un peu claustrophobe, et me retrouver dans le noir et dans un couloir qui ne débouche sur rien, cela me stresse un peu.

Albot approcha le cristal du socle mural, mais rien ne se passa.

— Merde, c'est quoi encore ce truc ?

— Je ne comprends pas !

Le maître, qui était resté jusqu'à présent à l'écart, émit un toussotement pour attirer l'attention sur lui.

— Qu'y a-t-il ? Vous souffrez également de claustrophobie ?

Le maître répondit par un silence, c'était une technique de différenciation visant à montrer qu'il était le dominant. Cette technique de gestion humaine et de crise avait pour particularité de calmer les gens et d'obtenir une certaine attention. Alors, quand il prit calmement la parole, tout le monde était attentif et concentré :

— Ceci est une double porte, appelée porte d'Élanys. Ces portes ont la particularité de ne pouvoir s'ouvrir qu'avec deux cristaux. Deux portes, deux cristaux. Il faut ensuite que ces cristaux puissent être placés sur leur socle au millième de seconde près. La longueur de ce couloir et le noir qui y règne permettent d'éviter toute tentative d'effraction par un seul individu.

— Mais pourquoi ne nous avoir rien dit avant d'entrer ? Vous êtes piégé tout comme nous !

— Parce que vous ne m'auriez pas écouté, et vous auriez cru que je voulais vous empêcher d'y entrer. La nature humaine est ainsi faite. Vous êtes trop compliqués, vous avez un esprit trop étriqué.

— Et vous, tuer des personnes de sang-froid, sans aucune raison, sans aucune sommation, sans provocation, vous considérez cela comment ?

Le maître ne répondit pas à la question, préférant revenir sur le sujet :

— Si je suis entré avec vous, si je ne suis pas parti, c'est que je voulais vous connaître.

— Comment ça, "si je ne suis pas parti" ?

— Oui, ma combinaison est opérationnelle depuis un petit moment déjà. J'aurais pu vous quitter depuis longtemps. J'aurais pu aussi vous abattre ou revenir avec d'autres hommes. Mais j'ai une dette de vie envers vous. Et je paie toujours mes dettes. Alors je suis entré avec vous afin de vous aider à pénétrer dans cette pièce.

— Et vous croyez que l'on va vous croire, après le meurtre de toutes ces personnes dans l'hôpital ? Et après avoir tiré sur Albot et Gustave ?

— Vous pouvez me croire ou ne pas me croire. Dans exactement cinq minutes, je disparaîtrai d'ici. Vous allez donc m'écouter attentivement, ou bien vous resterez coincés ici. À vous de voir.

— Expliquez-vous.

— Mme Foxter et M. Albot ont chacun un cristal. Mais le cristal de M. Albot est différent : il est le seul à avoir la capacité d'ouvrir les deux portes. Toutefois, comme vous ne pourrez pas l'utiliser simultanément dans la fraction de seconde qui vous est impartie, vous n'arriverez jamais à sortir d'ici.

— Et vous proposez quoi ?

Le maître marqua une nouvelle pause, comme s'il voulait les préparer à la proposition qu'il allait leur présenter.

— Nous vous écoutons, insista Sad.

— Vous allez devoir me faire confiance, et me confier le cristal.

— Vous êtes malade ? s'emporta l'inspecteur. Vous lui courez après depuis je ne sais combien de temps, vous nous avez suivis pour le récupérer. Vous avez tué des personnes pour le récupérer. Et maintenant, vous voulez qu'on vous le donne ? Vous devriez arrêter de croire au père Noël.

— Laissons-le terminer.

— Vous avez le droit d'être méfiants, car je le serais également à votre place, mais vous n'avez pas trop le choix. Je peux également vous quitter et revenir dans quelques jours pour le récupérer sur vos corps.

Un silence religieux régnait dans ce couloir. C'est alors que Mme Foxter prit la parole :

— Il a malheureusement raison. Nous sommes bloqués ici, et nous n'avons pas d'autres portes de sortie.

— Mais qu'est-ce qui nous dit qu'il ne va pas partir avec le cristal ? En nous plantant là ?

— Écoutez, ma combinaison est opérationnelle, mais il reste une fonction qui n'est pas encore entièrement rétablie. C'est le mode d'enregistrement environnemental. Tous mes gestes et mes actions peuvent être vérifiés par mon contrôleur à mon retour. Déjà que l'événement dans la salle de contrôle risque de me coûter la vie, je pense qu'au point où j'en suis…

Albot s'approcha du maître et lui tendit le cristal sans prononcer un mot. Le maître prit le cristal, s'approcha de la première porte, le plaça dans le socle, et pianota sur un cadran qu'il avait à son poignet. Puis il se dirigea calmement vers la seconde porte et procéda à la même opération. Il les regarda, leur fit un signe de la tête et disparut.

— On fait quoi, maintenant ?

— On se tire une balle dans la tête tout de suite ou bien on attend lentement notre mort ?

— Patientons quelques minutes, s'il vous plaît.

Une petite minute après, ils virent apparaître le maître devant la première porte, et un dixième de seconde plus tard, la seconde porte s'ouvrit. Et le cristal resta sur le socle.

— Il faudra que l'on m'explique ce qui s'est passé, car je suis complètement dépassé par tout ça. Et l'autre qui nous joue de nouveau les Houdini !

CHAPITRE XV : La base

Le petit groupe se dirigea vers la pièce qui se trouvait derrière la seconde porte. Quand ils y entrèrent, une légère lumière éclaira la pièce, mais pas totalement ; il y régnait une sorte de pénombre.

Et après que le quatrième visiteur eut franchi le seuil de la porte, celle-ci se referma immédiatement. Là où se trouvait auparavant une porte, on ne voyait plus qu'un mur totalement blanc et lisse. On était incapable de déceler le moindre interstice. Mme Foxter avait essayé de garder la porte ouverte, mais sans succès.

— Nous voilà bien, maintenant ! J'espère qu'il y a un chaleureux comité d'accueil et non des tueurs qui nous attendent.

Ils se regardèrent tous. Ils se demandaient quoi faire maintenant. Ils étaient entrés, et puis après ? Ils étaient censés trouver ou faire quoi, ensuite ?

— Ne nous séparons pas, restons groupés, on ne sait jamais.

L'inspecteur sortit son arme par réflexe.

— Pas géniale, la lumière, ils ont dû oublier de payer la facture EDF.

— Il y a sûrement un interrupteur quelque part?

— Le premier qui le trouve, je lui paie une bière, sauf pour toi Albot, ça sera une limonade…

Ils visitèrent chaque pièce l'une après l'autre, sans trouver âme qui vive.

La première pièce, celle par où ils étaient entrés, était ovale. Il y avait quatre zones bien distinctes avec quatre entrées. Cette pièce ovale, où ils se trouvaient actuellement, pouvait correspondre à une sorte de zone de vie avec des tables, une sorte de cuisine, avec des chaises, un écran…

Une seconde pièce, scindée en une double zone de couchage hommes et femmes, était composée d'une dizaine de lits superposés avec des douches et des toilettes, puis il y avait une zone de travail avec des ordinateurs et des tables, et une dernière zone d'exercices, avec différents appareils comme des vélos, des tapis de course.

— On se croirait sur une station orbitale.

— Comment ça ?

— J'ai regardé il y a quelque temps une émission sur la station orbitale internationale qui est au-dessus de nos têtes. Et il y avait le même principe de zones, en plus étroit, bien sûr. Il ne manque plus qu'un laboratoire, et nous aurons la totale.

— Je pense que nous avons la totale, il y a une porte avec un sas au fond de la zone de travail. C'est une porte blindée en verre opacifiant. Jamais vu ça.

— De toute façon, j'attends que l'on me pince pour que jepuisse me réveiller. Je suis complètement dépassé par les événements et par tout ce que nous venons de traverser. J'aurais du mal à faire un rapport sur ce que l'on a vécu sans que mes supérieurs m'envoient à l'asile.

— Et moi, je me demande encore si je ne suis pas mort dans ce ravin et si tout ceci n'est pas irréel.

— Nous sommes tous fatigués, nous avons tous faim et soif, et une douche pour compléter le tout ne ferait pas de mal. Je pense que nous sommes en sécurité pour le moment.

— Oui, mais est-ce qu'il y a de la nourriture, ici ?

Tous se regardèrent puis commencèrent à fouiller ce qui se rapprochait le plus d'une cuisine. Mais ils ne trouvèrent absolument rien…

— Là, nous sommes mal. Très mal.

— Et il n'y a même pas d'eau aux robinets, toilettes et douches.

— Quelqu'un a une idée ?

Le silence fut leur seule réaction, mais cela ne laissait rien présager de bon. Chacun s'assit pour réfléchir à la situation.

— Mais c'est quoi, cet endroit ?

— Pas la moindre idée, et jamais entendu parler.

— Nous sommes faits comme des rats.

— Écoutez, essayons de dormir quelques heures, je suppose que nous pourrons mieux réfléchir ensuite.

Albot s'endormit avec difficulté. Une image des rats qu'on utilise dans les laboratoires lui vint à l'esprit. Son imagination flotta, il imagina ces pauvres bêtes et leur vie dans les laboratoires. Ensuite, son imagination vagabonda vers la station orbitale et les personnes qui s'y trouvaient, là-haut, à travailler. Tout se mélangea, il sentit qu'il était proche d'une bribe de compréhension, mais il n'arriva pas à mettre le doigt dessus. Et ce cristal, c'était quoi au juste ? Quelle était son utilité, à part ouvrir des portes ? Il trouva enfin le sommeil après que son cerveau fatigué eut fini par s'éteindre.

Quelques heures s'étaient écoulées quand on le secoua doucement. Mme Foxter se trouvait au-dessus de lui.

— Bonjour, Albot, bien dormi ? Désolée de vous réveiller, mais nous sommes tous réveillés, et nous essayons de réfléchir et de comprendre comment sortir de cette impasse.

— En trois mots… Faim, saleté et douleur.

— Essayons de réfléchir, alors, à ce que nous pouvons faire. Je résume, nous sommes dans un endroit on ne sait où, sous terre, sans porte de sortie, sans nourriture, sans eau et sans aucun moyen de communication. Il me semble que le mot le plus juste et le plus approprié pour ce genre de situation est le mot tombeau !

Albot était aussi réaliste que les autres, mais il refusait de se résoudre à finir ses jours ici.

— Il y a obligatoirement une solution. Je ne peux pas croire que ce voyage puisse se terminer ici.

— Et tu as une idée ?

— J'essaie d'être logique. Je pense qu'il s'agit d'une sorte de base. Et je pense que cette base est en sommeil, et qu'elle attend qu'on la réveille.

— Et tu la réveilles comment, d'après toi, cette base ? Une idée de génie serait la bienvenue.

— C'est comme un interrupteur, pour allumer votre ordinateur ou la lumière de votre maison. Vous devez appuyer dessus.

— Nous avons fouillé partout… Et il n'y a rien.

— Réfléchissons. Jusqu'à présent, qu'a-t-on utilisé à chaque fois ?

— Le cristal !

— Je pense donc que le cristal est une fois de plus l'interrupteur.

— Pas idiot, mais comment l'utiliser ?

— Cherchez un socle ou un truc qui pourrait l'accueillir.

Tout le monde commença à chercher partout, dans toutes les pièces et les murs. Mais cela ne donna rien. Il n'y avait absolument rien. Une heure s'écoula, et ils en restèrent au même point.

Ils se retrouvèrent tous de nouveau dans la pièce de vie commune, avec une mine déconcertée.

— Rien trouvé ! admit Mme Foxter.

— Rien de rien, renchérit Sad.

— Nada, termina Colmart. Nous faisons quoi, maintenant ?

Albot réfléchit, son cerveau était en ébullition. Il était sûr que de la fumée devait sortir de son crâne. À ce moment-là, l'indicateur qu'ils avaient au poignet et qui était chargé de communiquer avec la combinaison changea de couleur.

— Aïe, pas bon du tout. Si nous enlevons notre combinaison, nous mourrons de froid dans quelques heures.

— La température, ici, est proche de trois degrés Celsius.

— De froid, de faim ou de je ne sais quoi encore. Quelle importance ? Une mort, c'est une mort.

C'est alors qu'Albot remarqua une sorte de signe au plafond, à droite de la porte d'entrée. Par réflexe, il regarda le sol, et remarqua le même signe.

— Qu'avez-vous vu ?

— Mme Foxter, pourriez-vous me prêter vos lunettes, s'il vous plaît. Celles que vous avez utilisées dans la chambre antiatomique. Mme Foxter lui tendit les lunettes. Il se leva et se dirigea vers l'endroit des signes, en mettant les lunettes. Il sortit le cristal de sa poche et l'approcha pour le placer au point de rencontre des deux signes. Il lâcha le cristal, et celui-ci resta à sa place sans bouger, comme en suspension.

Un petit bip électronique fut immédiatement émis. Et la lumière s'alluma aussitôt dans toutes les pièces. Ils avaient tous la bouche sèche à force de l'avoir laissée ouverte. Ils ne savaient quoi dire ni quoi penser.

— Mais comment… ?

— Merde! Là, tu m'as bluffé. Comment as-tu compris ?

— Je ne sais pas trop. Tout est blanc ici, et propre. Je me suis dit : "Mais qu'est-ce que ce truc qui dénature le plafond ?" Nous regardions les murs et les objets, mais sans lever nos têtes. Je me suis rappelé la phrase de Mme Foxter quand elle avait regardé le plafond dans la chambre antiatomique.

— OK, nous avons la lumière.

— Et le chauffage apparemment, ajouta Mme Foxter.

— Et l'eau, précisa l'inspecteur, qui avait tiré la chasse d'eau.

— Et pour le…

À ce même moment, une sorte d'hologramme de forme humaine et plus précisément de femme apparut. Et commença son discours :

— Soyez tous les bienvenus. Je serai votre compagne durant votre séjour. Vous pouvez m'appeler Voira, pour virtuelle organique intelligence à réalité augmentée. Je suis ici pour vous aider, et pour répondre à vos questions et à vos besoins. Mais sachez qu'au terme de votre séjour ici, vous devrez tous réussir votre examen, sans exception, sans quoi vous serez tous éliminés.

— C'est quoi, ce truc ? Mais où est-on ?

— Je répondrai à chacune de vos questions en fonction des réponses dont je dispose dans ma base de connaissances. C'est une base assez vaste et en constante évolution.

— Voira, où sommes-nous ?

— Nous allons commencer par le début. Tout d'abord, allez dans vos quartiers et enlevez vos combinaisons, elles ne vous seront d'aucune utilité ici. Vous déposerez également tous vos objets, armes incluses. Elles sont interdites ici.

— Tu rêves tout debout, ma petite. Tu crois vraiment que je vais te laisser mon calibre 35 ?

— Monsieur, vous êtes ici en totale sécurité. Vous ne risquez absolument rien.

— Et si je refuse ? Tu vas me faire quoi ? Me passer à travers le corps comme un fantôme ? Tu es un simple programme informatique, et constituée de lumière. Et je ne te connais pas, et je n'ai pas confiance.

Personne n'eut le temps de réagir aux propos de l'inspecteur. Tous savaient qu'il n'avait pas tout à fait tort, mais également qu'il n'avait pas totalement raison.

— Je suis désolée d'insister, mais si vous n'obéissez pas

immédiatement, je serai obligée de vous laisser.

— Et cela fera quoi ?

— Eh bien, si je vous quitte, vous reviendrez au point de départ. Mais je serai dans l'obligation de déclarer cet endroit comme compromis et donc de vous détruire. Et cela en coupant l'arrivée d'oxygène. De plus, afin d'accélérer le processus, j'aspirerai celui-ci, ce qui vous permettra d'avoir une mort rapide.

Tous se regardèrent, ils ne savaient pas trop si c'était un avertissement en l'air ou une menace bien réelle.

— Écoutez, nous partons du mauvais pied. D'après moi, nous n'avons pas trop le choix. Nous devrions respecter ce que Voira nous impose. De toute façon, que voulez-vous faire d'autre ?

— Très bien, très bien, Mme Foxter. Obéissons à ce HAL^2 .

— Vous avez entendu, Voira ? Je pense que nous pouvons mettre fin à ce malentendu.

Mais Voira ne répondit pas. Tous commencèrent à être inquiets de ce silence.

— Voira ! Voira ! Vous êtes toujours là ?

— Répondez-nous, s'il vous plaît. Nous nous excusons pour ce malentendu.

— Et puis quoi encore ? Je ne vais quand même pas m'excuser auprès d'une machine ?

— Écoutez, inspecteur, je pense que cette machine, comme vous dites, n'est pas tout à fait une machine comme vous pouvez l'imaginer. Ce n'est pas un ordinateur comme celui que vous avez chez vous.

— OK, je suis désolé de m'être emporté. L'hologramme réapparut aussitôt.

— Lavez-vous et habillez-vous avec les vêtements propres qui sont dans les tiroirs. Ensuite, vous irez à tour de rôle dans la zone que vous avez appelée laboratoire.

— Pour y faire quoi?

— Vous irez dans cette zone à tour de rôle, sans poser de question. J'expliquerai le moment venu.

— Ne pouvons-nous pas manger quelque chose avant de commencer? Cela fait un petit moment maintenant que nous n'avons rien avalé.

— L'ordre établi des choses, même si cela ne correspond pas à l'ordre que vous souhaiteriez, est l'ordre que je vous dicte et je vous demande de le respecter.

L'inspecteur se retourna doucement vers Albot pour lui souffler un petit mot à l'oreille :

— Je crois qu'elle est en rogne contre nous.

— Contre nous ! Mais à cause de vous.

L'inspecteur n'osa plus ouvrir la bouche, et se fit tout petit.

— Nous pouvons commencer. Allez-y maintenant. Plus vite cela sera terminé, plus vite nous pourrons discuter et plus vite vous pourrez vous alimenter.

Ils étaient tous trop fatigués pour émettre la moindre objection ou refuser les ordres donnés, aussi ils se dirigèrent tous vers leur zone de couchage sans dire un mot de plus.

CHAPITRE XVI : Des choix non cartésiens

Ils furent surpris de constater que la zone de repos avait été complètement remodelée. La configuration de la pièce avait radicalement changé : ils avaient maintenant, chacun, une petite pièce qui se fermait avec une porte coulissante, composée d'un lit, d'une table, d'une sorte d'ordinateur dont le mode de fonctionnement restait à définir, et d'une petite armoire avec des vêtements apparemment à leur taille.

— Mais comment est-ce possible ? Mais on est où, ici ?

— Il y a peut-être des petits lutins verts qui travaillent sans relâche au sous-sol ?

Sad avait souri à la plaisanterie, ce qui ne signifiait pas pour autant qu'il n'était pas inquiet. De telles choses ne pouvaient pas exister à leur époque, il y avait sûrement une explication cohérente à tout cela ! Les combinaisons, le sas d'entrée, Voira, et maintenant cette pièce qui s'était métamorphosée en l'espace de quelques minutes. Tout cela était hors du commun.

Ils avaient pris possession de ce nouveau lieu qui devait leur servir de chambre, s'étaient douchés et habillés. Leurs anciens vêtements et objets avaient été placés dans une sorte de cube blanc resté ouvert au fond de la pièce. Et qui s'était fermé une fois que toutes leurs affaires avaient été placées à l'intérieur.

Ils étaient tous propres comme un sou neuf, et retournèrent à la zone centrale.

— Et maintenant, Voira, que faisons-nous ? Pouvons-nous avoir quelque chose à nous mettre sous la dent ?

— Je suis désolée, mais c'est impossible pour le moment. Vous devez d'abord passer tous ensemble différents tests dans le laboratoire qui se trouve dans la zone de travail. J'utilise les mêmes termes que vous avez employés quand vous avez visité cet endroit, afin que vous puissiez vous retrouver plus facilement.

— Mais pour quoi faire?

— Je vais vous modéliser, vérifier votre état de santé, faire quelques prélèvements, et, en fonction des résultats, je vous soumettrai mes observations. Mais avant tout, je suis obligée de vous demander de prendre la petite gélule qui se trouve dans vos salles d'eau respectives.

— Comment ça? C'est quoi?

— J'ai décelé que vous aviez des *nanotriaminums* dans vos organismes. Vous devez les expulser.

— Mais si nous faisons cela, nous ne pourrons plus utiliser nos combinaisons, et donc plus de billet retour.

— Je ne vous le demande que par politesse. Je pourrais immédiatement les détruire si je le voulais, et cela entraînerait votre mort immédiate.

— Une fois de plus, vous nous imposez quelque chose, sans raison apparente.

— Faites ce que je vous ai demandé.

— Et par où sortiront ces nanomachins ? Par le haut ou bien par le bas ?

Mme Foxter ne put retenir un sourire. Mais la question n'était pas bête.

— La gélule une fois avalée fera effet dans les trente minutes. Pendant ces trente minutes, vous resterez couchés. Je ne souhaite pas vous le cacher, avant de vomir, vous allez vous tordre de douleur. Cette douleur est due au décollement et au dé-fusionnement des *nanotriaminums* qui se sont placés aux différents endroits de votre organisme. C'est pour cette raison que je ne vous ai pas fourni de nourriture. La douleur est un peu moins importante quand les personnes sont à jeun. Comme je vous l'ai déjà dit, il y a un ordre pour toute chose.

N'ayant pas d'autre option, ils se dirigèrent de nouveau vers leur lieu de repos, et on pouvait déceler sur leurs visages une grande anxiété. Tenant la fameuse gélule dans le creux de leurs mains, ils ressentaient tous une forte hésitation à mettre cette gélule dans leur bouche.

C'est Mme Foxter qui fut la première à passer à l'acte, suivie d'Albot, de Sad et enfin de l'inspecteur Colmart. Puis chacun retourna à son couchage, avec une forte appréhension pour la douleur qui allait s'ensuivre.

Ce fut Albot qui se leva en premier, pour qui la douleur fut foudroyante. Les blessures qu'il s'était faites lors de l'accident furent amplifiées. Il tenait à peine debout quand cela fut terminé, et s'effondra complètement K-O sur le lit. Il avait commencé par ressentir des picotements sur son corps, ses poils s'étaient hérissés, puis il avait été pris de spasmes. Il s'était tordu de douleur, avec l'impression d'avoir un feu à l'intérieur même de son corps, mais en même temps, il avait tremblé de froid.

En temps normal, le vomissement est déjà très douloureux, mais le ressenti de chaque *nanotriaminum* se décollant des cellules fut comme des épingles que l'on vous rentre dans la peau. Sauf que là, c'était comme si ces épingles provenaient de l'intérieur.

Ce qu'Albot avait vomi était composé d'une sorte de pâte incolore fluorescente qui se tortillait dans tous les sens. Et une fois entièrement sortie, la pâte se désintégra sous ses yeux.

Chacun d'eux vécut cette expérience traumatisante, et ils n'étaient pas prêts à recommencer. Ils étaient tous exténués et s'effondrèrent dans leur lit sans dire un mot.

Ils perdirent une fois de plus la notion du temps, et ils furent réveillés par la voix de Voira.

— Il est temps de vous réveiller et de passer à l'étape suivante.

— Ne pouvons-nous vraiment pas manger quelque chose avant ?

— Normalement, non. Mais vous trouverez une barre calorique protéinée sur la table de la salle commune. Elle devrait vous aider à vous remettre en meilleure forme.

Ils avalèrent leur barre comme si c'était leur dernier repas sur terre.

— Complètement insipide, mais pas mauvais. En tout cas, cela a calmé mon estomac, précisa l'inspecteur.

— J'espère que nous pourrons avoir un truc plus consistant par la suite, avec un peu plus de goût.

— Bon, on attaque ce foutu test, que l'on en finisse !

L'hologramme était resté de marbre. Voira était restée figée au milieu de la pièce, comme une statue, mais semi-transparente.

— Je suppose que nous pouvons poursuivre le protocole maintenant. Je vous invite à vous diriger vers la zone que vous appelez zone de travail. Vous entrerez ensuite dans la salle qui se trouve à l'intérieur. Ce n'est pas un laboratoire, comme vous avez pu l'imaginer, mais une salle médicale. Vous trouverez quatre habitacles où vous prendrez place. Pas d'inquiétude, monsieur Colmart, même si vous souffrez de claustrophobie, l'habitacle vous mettra en sommeil dès que vous serez dedans. Vous n'aurez pas le temps de vous angoisser.

— Je ne comprends toujours pas pourquoi on doit passer tous ces tests !

— Les réponses à vos questions vous seront communiquées après cette étape.

Ils se dirigèrent vers cette fameuse salle.

— J'ai l'impression d'être un prisonnier qui marche dans le couloir de la mort.

— Il ne faut quand même pas exagérer, nous avons eu un excellent dernier repas.

Ils ne purent se retenir de rire.

Voira les observait et ne comprit pas leur comportement. Elle n'avait jamais eu affaire à des candidats si peu disciplinés. Elle ne comprenait ni leurs réticences ni leur curiosité. Normalement, les candidats savaient ce qui les attendait. Ils étaient tous volontaires ! Peut-être lui avait-on envoyé ces quatre candidats afin de l'évaluer, elle ? Son cerveau composé de nanoprocesseurs quantiques était, pour la première fois, face à un dilemme. Elle était aussi perdue que les candidats. Elle poursuivrait donc son programme comme à l'accoutumée.

Elle avait hésité une première fois à les éliminer dans le couloir qui menait à l'entrée. Mais au moment où elle allait prendre la décision de les détruire, ils avaient fini par réussir à ouvrir la seconde porte. Ensuite, même s'ils avaient tardé à faire démarrer le processus avec le cristal, ils avaient une fois de plus trouvé le système de démarrage à temps. Et maintenant, elle commençait à avoir de sérieux doutes sur eux.

Une partie de ses systèmes travaillait à ces réflexions numériques tandis que les autres vaquaient aux différentes tâches, comme celles liées au maintien de la vie dans l'habitacle, aux tests et aux résultats des candidats, à la gestion de l'énergie, aux protocoles de reconstruction *nymphalique* de l'habitacle.

— Voira ! La porte de la seconde pièce est fermée ! Vous pouvez l'ouvrir ?

— Oui, bien sûr, veuillez entrer et prendre place.

Ils s'étaient tous couchés dans leur habitacle qui était complètement transparent, et composé d'une matière ressemblant à une sorte de verre ou de cristal mais assez confortable. Le socle du bas, qui était dur à l'origine, avait immédiatement épousé leur morphologie comme un matelas à mémoire de forme. Ils étaient à peine allongés qu'ils furent immédiatement endormis. Ils n'avaient pas eu le temps de réfléchir, ils étaient à la merci d'une machine qui avait le pouvoir de vie ou de mort sur eux.

La première phase consistait à scanner et à modéliser la personne, la deuxième à faire des prélèvements de peau, de moelle épinière, de sang et d'os. La troisième et dernière phase avait pour but de vérifier l'état de santé de la personne et de réparer tout problème pouvant être signalé dans les résultats de la seconde phase. La phase deux avait mis en lumière des problèmes chez chaque candidat, ce qui n'était jamais arrivé : cela ne pouvait donc être qu'une évaluation la concernant.

Elle procéda à l'ablation d'une tumeur cancéreuse aux ovaires de Mme Foxter, elle bloqua et corrigea une maladie orpheline qui se serait déclarée sous deux ans chez l'inspecteur Colmart, et soigna des lésions au cerveau de Sad qui n'auraient pas manqué de déclarer un Alzheimer d'ici quelques années. Toutefois, si le problème chez le jeune Albot était apparemment plus compliqué, la réparation de la plupart des fractures et contusions fut d'une facilité déconcertante. Par contre, pour son œil, ce fut plus délicat. Elle serait obligée de travailler sur les deux yeux à la fois, et de modifier certains gènes de reconstruction, ce qui pouvait générer des risques et certains changements. Elle hésitait.

Ils étaient trois à s'être réveillés, tandis qu'Albot était toujours endormi dans son sarcophage. Ils étaient complètement dans le cirage, avec la bouche desséchée.

— Que se passe-t-il pour Albot ?

— Il y a un problème ?

— Vous avez tous eu des problèmes, mais aucun qui me fut insurmontable. Cependant pour Albot, pour ses yeux, c'est plus compliqué. Cela réclame un certain travail qui s'avère plus complexe.

Voira leur expliqua ce qu'elle leur avait trouvé et ce qu'elle avait dû faire pour les soigner. MmeFoxter resta sans voix, les larmes aux yeux. Elle qui approchait de la quarantaine, elle pouvait enfin espérer avoir des enfants ! Tous les médecins avaient unanimement déclaré que c'était fini, qu'elle ne pourrait jamais plus en avoir. C'était extraordinaire, comment un tel miracle pouvait avoir lieu ? Elle qui s'était résignée à ne jamais connaître le bonheur d'être mère ! Même si à Descendance, il y avait parfois des bébés orphelins, cela restait assez rare. Et ce n'était pas la même chose que de sentir la vie prendre forme à l'intérieur de soi.

Sad resta sans paroles, et l'inspecteur Colmart, qui avait commencé à ressentir certains symptômes liés sûrement au démarrage de cette maladie rare et incurable, sentit une certaine délivrance et l'important poids qu'il portait sur ses épaules disparaître. En effet, peu de chercheurs travaillaient sur ces maladies rares. Il n'y avait pas assez de patients dans le monde, et donc ce n'était pas assez rentable.

Ils devaient donc tous leur vie à cet ordinateur.

— Et pour Albot ?

— Il faut attendre. Je l'ai placé dans un coma léger, le temps de vérifier que ce que je lui ai administré fonctionne. La régénérescence moléculaire est au point, mais dans son cas, l'opération qu'on lui a pratiquée a fait plus de dégâts. Certaines cellules ont été irrémédiablement détruites. Et j'ai trouvé et retiré derrière son œil un *nanolium* qui émettait des images vers l'extérieur. On lui a greffé cet élément pour l'espionner.

— Cela explique pourquoi on avait toujours un train de retard par rapport à nos poursuivants !

— Je commençais à me demander si nous n'avions pas été infiltrés.

Mme Foxter était inquiète pour le jeune Albot :

— Et si ce que vous lui avez administré ne fonctionnait pas ?

— Eh bien, je serais dans l'obligation de le faire disparaître, répondit Voira.

Chacun regarda ce pauvre Albot qui était couché dans son habitacle, se demandant comment autant de malheurs pouvaient s'abattre sur quelqu'un.

— Vous pouvez venir maintenant dans la zone principale, je vous ai préparé un repas.

Ils avaient tous une faim de loup, ils ne se souvenaient même plus du dernier repas qu'ils avaient avalé. Mais en même temps, ils avaient une peur bleue de ce que Voira avait bien pu leur concocter. Leur peur fut vite dissipée. Car ce qu'ils trouvèrent sur la table était plus que correct. Sans être pour autant de la grande cuisine, l'aspect et l'odeur embaumaient la salle. Il y avait du poulet avec des légumes verts et des pommes de terre. Des fruits, des gâteaux et des yaourts en dessert.

— Mais comment est-ce possible ?

Cependant, ils avaient trop faim pour se poser des questions. Ils s'approchèrent tranquillement des mets qui étaient sur la table et se mirent à manger. Ils avaient faim, mais en même temps ils ne pouvaient oublier Albot qui était toujours dans l'habitacle à attendre que Mère Destin prenne une nouvelle décision concernant sa vie ou sa mort.

Après ce frugal repas, ils se sentirent tous rassasiés, et ils tombaient tous de sommeil.

— Voira, quelles sont les chances qu'Albot s'en sorte ? demanda Sad.

— Je ne pourrai répondre à cette question que demain. Pour l'instant, les probabilités sont faibles. Il y a un autre moyen d'augmenter ces probabilités. Mais je préfère ne l'utiliser qu'en dernier recours. Et normalement, cette décision ne m'appartient pas. C'est à la personne d'accepter ou pas cette solution. Nous pourrons en discuter après que vous vous serez reposés.

Ils se levèrent tous de concert pour aller dans leur zone de repos.

Ils étaient exténués par cette journée sans fin.

CHAPITRE XVII : Dernières volontés

Ils avaient tous passé une bonne nuit de repos, ou bien un jour ? À vrai dire, ils avaient un peu perdu leurs repères. Car sous terre, ils n'avaient aucun moyen de différencier le jour de la nuit. Ils risquaient également de perdre la notion du temps, ce qui pouvait devenir dangereux à moyen terme. Il fallait aborder le sujet avec Voira, et comprendre également pourquoi elle les appelait des "candidats".

— À votre avis, pourquoi Voira nous prend-elle pour des candidats ?

— Pas la moindre idée.

— On devrait peut-être le lui demander ?

— Et si on le lui demande, et qu'elle découvre que nous n'avons rien à voir avec des candidats attendus ? Que pensez-vous qu'elle fera ? C'est un ordinateur. Peut-être pas un ordinateur comme nous avons l'habitude d'en côtoyer, mais ce n'est pas un être humain. Elle n'a pas de conscience et n'a pas la faculté d'avoir un raisonnement, et encore moins d'avoir des sentiments de pitié, c'est juste un programme. Un programme plus élaboré, mais cela reste un programme. Il y a donc de fortes chances qu'elle nous élimine sans se poser la moindre question et sans aucun remords. Je ne pense pas en effet que ses concepteurs aient réussi à programmer ce genre de concept. Attendons de voir comment évolue l'état de santé d'Albot, prenons des forces et ensuite on avisera.

Ils tombèrent tous d'accord sur le fait qu'il valait mieux attendre la guérison d'Albot. Le petit-déjeuner fut assez copieux, et ils se demandèrent de nouveau comment la nourriture pouvait arriver sur la table.

— Voira, avez-vous des nouvelles de l'état de santé d'Albot ?

— Malheureusement, pas de très bonnes. En retirant le *nanolium*, une sorte de piège génétique s'est enclenchée. Et à la vitesse où ça va, il ne survivra pas plus de quarante-huit heures.

— Et vous ne pouvez rien y faire ?

— Il y a une solution, mais il me faut son accord.

— Mais je vous le donne, moi, ce foutu accord ! De toute façon, il va mourir, qu'est-ce qu'il risque de plus que la mort ?

— Parfois, les personnes préfèrent mourir plutôt que de vivre certaines choses ou dans certaines conditions.

— Cela consiste en quoi, votre solution ?

— Cela ne concerne qu'Albot. Je n'ai pas à vous communiquer quoi que ce soit sur le sujet.

— Elle nous fait le coup du secret médical maintenant ! Ses concepteurs sont vraiment balaises.

— Mes concepteurs, comme vous dites, m'ont construite et programmée, mais mon programme est en continuel apprentissage. J'apprends au fur et à mesure des expériences et des choix qui se présentent à moi. Mon expérience s'acquiert avec mes réussites et mes erreurs.

— Vous voulez dire que vous avez un libre arbitre ?

— Disons que l'option de vous éliminer m'est venue à plusieurs reprises depuis que vous êtes ici. Vous sortez complètement du cadre des personnes avec qui je travaille habituellement. Je ne sais toujours pas si j'ai bien fait de vous faire entrer, au risque de mettre en danger cet endroit.

Ils étaient tous sous le choc à propos de l'état de santé d'Albot.

— Mais il y a un autre problème, dont je dois également vous tenir informés. Si Albot disparaît, vous disparaissez aussi. C'est une des raisons pour lesquelles vous n'avez pas à choisir pour lui. Car, dans ces conditions, vous ne pourriez pas opérer un choix neutre.

Ce fut la stupeur.

— Comment cela ?

— Le cristal qui a permis de mettre en route cette base et de vous maintenir en vie sera automatiquement détruit en cas de décès d'Albot. Il lui est intimement lié, pour ne pas dire fusionnel. Cela aura comme conséquence l'arrêt immédiat de cette base, sans que je puisse faire quoi que ce soit. Il y a des mécanismes d'autodéfense qui sont indépendants de mon système, l'objectif étant d'avoir un garde- fou dans le cas où je deviendrais incontrôlable ou que j'opérerais des choix pouvant mettre en danger le groupe.

— Vous comptez faire quoi, maintenant ?

— Je vais réveiller Albot seul, lui expliquer le problème, et lui proposer une solution. Je ne pourrai pas lui communiquer les impacts sur vous, dans le cas où il ne choisirait pas d'accepter ma proposition, car cela risquerait d'altérer sa décision.

— Nous pouvons venir ?

— Vous pouvez venir le voir, mais je vous demanderai ensuite de quitter la pièce afin que je puisse m'entretenir seule avec lui.

— Allons-y, que l'on en finisse, car chaque minute compte pour lui.

Ils se retrouvèrent ainsi tous autour d'Albot, attendant son réveil. Il se réveilla environ une heure après que Voira eut lancé le protocole permettant de le sortir du coma. Il se réveilla un peu embrumé, complètement aveugle. Et dans une panique totale. Il n'avait plus aucune douleur liée aux différentes blessures de l'accident. Il se sentait en parfaite santé. Mais il ne voyait plus rien.

— Pourquoi je ne vois plus rien ? Vous êtes là ?

— Nous sommes tous là, et nous voulions passer te voir, te dire un petit bonjour, avant que Voira ne discute avec toi seul à seule. Elle va tout t'expliquer, tu peux lui faire confiance.

Chacun s'approcha d'Albot pour lui tenir la main, le serrer dans ses bras ou lui déposer un baiser sur le front.

— Vous m'inquiétez tous avec toutes vos preuves d'affection, on dirait les adieux à un condamné. Et pourquoi est-ce que je ne vois plus rien ? Je sens que toutes mes contusions ont disparu, hormis celles de mes yeux.

— Je vais vous expliquer, mais avant, vous devez tous sortir comme convenu.

Voira attendit que tout le monde soit sorti et ferma le sas pour isoler la pièce.

— Expliquez-moi ce qui se passe, Voira, car là, vous me faites paniquer.

Voira lui expliqua tout ce qu'elle avait expliqué aux autres, mais en omettant la partie concernant le cristal et les impacts qui découleraient de sa décision. Elle lui expliqua en détail que la solution une fois appliquée serait irréversible et que c'était l'unique façon de le garder en vie.

— Il vous reste un peu moins de quarante-huit heures à vivre. Et l'opération devrait durer quelques heures, avec huit heures d'attente. Je suis désolée de précipiter un peu les choses, mais vous devez me donner votre réponse maintenant. Soit j'abrège vos souffrances, soit j'applique ce que je viens de vous expliquer.

— Et elle dit quoi, Mme Foxter?

— Elle ne peut rien dire, le choix vous appartient. Et je vous demande de ne pas en parler à vos amis.

— Je n'en comprends pas la raison.

— Je vous expliquerai la raison une fois que vous aurez fait votre choix.

Elle avait proposé les options d'une voix complètement neutre, sans aucune intonation décelable pouvant l'aider à faire le meilleur choix. Il était fatigué de toutes ces tragédies, de tous ces morts, de la perte de sa famille. Et voilà maintenant qu'il était aveugle.

— Pourriez-vous me laisser une petite demi-heure, s'il vous plaît, afin que je puisse réfléchir calmement. C'est une décision de vie ou de mort qui ne se prend pas sur un coup de tête. Il me faut du temps pour absorber tout ça.

— Je vous laisse trente minutes, et ensuite il faudra me donner votre réponse. Je retourne voir vos amis pendant ce temps-là.

En tant qu'ordinateur quantique, elle ne pouvait prendre de décision que par la logique. Cela reposait sur une loi fondamentale qui avait été établie dans le passé par les humains. Cette loi avait pour objectif d'éviter la destruction de l'espèce humaine. À l'époque, l'informatique était pratiquement inexistante, les écrivains l'avaient donc adaptée à la robotique, car il était plus facile d'imaginer des romans avec des robots qu'avec des ordinateurs. L'être humain n'avait pas la capacité mnémonique de se projeter aussi loin.

La loi fondamentale était composée de trois grandes règles :

1. Un programme ne peut porter atteinte à un être humain ni permettre qu'un être humain soit exposé au danger en restant passif.

2. Un programme doit obéir aux ordres que lui donne un être humain, sauf si de tels ordres entrent en conflit avec la première règle.

3. Un programme doit protéger son existence tant que cette protection n'entre pas en conflit avec la première ou la deuxième règle.

Le programme de Voira avait été créé à partir de cette loi fondamentale. Son programme tournait en boucle pour essayer de trouver une solution sans enfreindre une des règles. Mais une quatrième règle lui avait été ajoutée, et c'est elle qui lui posait le plus de problèmes :

4. Un programme doit tenir compte du plus grand nombre d'humains à sauver, sauf si un seul humain peut en sauver un encore plus grand nombre.

Cette dernière règle avait été instaurée après la création de l'informatique quantique. L'informatique quantique ouvrait une nouvelle ère et de nouveaux horizons, avec la possibilité de réaliser une analyse pratiquement instantanée. Et dans ce cas de figure, elle pouvait sauver Albot. Mais si Albot refusait de se sauver, cela condamnerait les autres. Sachant qu'Albot devait absolument vivre pour aider ses concepteurs à survivre, et par la même occasion l'aider elle, elle était face à un dilemme.

Les trente minutes s'étaient écoulées. Voira retourna voir Albot :

— Vous avez pris une décision ?

— Oui, j'ai bien réfléchi et je souhaite en finir. Je n'ai plus de famille, j'ai des tueurs à mes trousses, je suis dans un endroit sans issue, et ce que vous me proposez est très difficile à imaginer. J'aimerais que cela se termine, et je ne souhaite pas dire adieu à mes amis. Cela me serait trop difficile. Je ne veux même pas entendre leurs raisons.

Et il s'allongea dans l'habitacle où il s'endormit immédiatement.

Voira se projeta dans la salle commune, afin de faire part aux autres de la décision d'Albot. Elle avait hésité à éliminer tout le monde juste après la réponse d'Albot : pas de souffrance inutile ni de question, cela aurait été réglé en quelques secondes. Mais son programme, qui avait acquis une certaine compréhension de l'être humain, ne pouvait se résoudre à passer à l'acte.

— Alors, il a décidé quoi?

— Il préfère en finir.

— Il vous a donné ses raisons?

— Mon analyse me dit que sa famille lui manque. Il se sent seul et ne se voit pas d'avenir.

Ils s'étaient tous assis, d'un seul coup.

— Nous avons combien de temps?

— Environ vingt-quatre heures.

— Je ne pensais pas finir ma vie ainsi.

— Pouvez-vous nous laisser jusqu'à demain? proposa Mme Foxter.

— Maintenant que je vous ai fait part de sa décision, je n'y vois pas d'inconvénient.

Ils dînèrent tous les trois, comme de vieux amis qui ne s'étaient pas vus depuis longtemps. Ils se racontèrent des péripéties, des histoires qui leur étaient arrivées, ils parlèrent de leur famille. Voira n'était plus intervenue de la soirée, afin de laisser les humains communier entre eux. Mais le temps filait, et ils se dirigèrent chacun vers leur couchage.

Sad et Colmart dormaient à poings fermés quand Helena Foxter ouvrit la porte de la chambre de Colmart, se déshabilla et entra dans sa couche. La nuit était bien avancée quand Helena se releva sans réveiller Colmart. Elle se doucha et alla rejoindre la couche de Sad.

Elle se culpabilisait et estimait que c'était par sa faute si Colmart et Sad se trouvaient dans cette situation. Mais elle était également un être humain, et cela faisait une éternité qu'elle n'avait pas eu de rapport avec un homme. Quand elle rejoignit sa couche pour prendre un peu de repos, une lueur de bonheur pouvait se lire sur son visage. La même lueur que celle qui pouvait se lire sur le visage de Sad et de Colmart.

Ils se retrouvèrent tous les trois dans la pièce à vivre afin de prendre le petit-déjeuner. Ni Colmart ni Sad ne changèrent leur comportement à l'égard de Mme Foxter. Ils ignoraient chacun ce qui s'était passé avec l'autre et, ne voulant pas se vexer mutuellement, ils feignirent l'ignorance.

Après avoir pris leur copieux petit-déjeuner, ils s'adressèrent à Voira :

— Voira, je pense que nous sommes prêts. Comment souhaitez- vous procéder ?

— Je vous p…

Voira allait proposer une solution quand elle fut interrompue par une tentative d'accès à son système de l'extérieur. Cela était normalement impossible, car son système était complètement isolé et autonome. Aucun système n'avait accès au sien et inversement, sauf lorsqu'elle avait besoin de communiquer des informations ou des éléments pouvant s'avérer dangereux pour la communauté.

L'équivalent d'un téléphone rouge pendant la Guerre froide. Elle essaya immédiatement de tracer la tentative d'attaque, mais s'aperçut rapidement que c'était une sorte de message enregistré qui était adressé à Albot.

Mme Foxter commença à s'impatienter devant ce lourd silence.

— Peut-être que Voira va enclencher un processus sans nous expliquer quoi que ce soit, de façon à ne pas nous effrayer ?

— Ou bien elle a trouvé une solution moins radicale ?

Mais ils n'eurent pas le temps d'envisager d'autres pistes, parce que Voira revint.

— Que se passe-t-il, Voira ?

— Un souci majeur de sécurité que je dois traiter.

— Vous pouvez nous expliquer ?

— Après tout, cela vous concerne. J'ai pensé que c'était une tentative d'intrusion système, mais en fin de compte, c'est un message pour Albot.

— Confondre une attaque avec un mail ! Ce n'est quand même pas pareil.

— Disons qu'il n'y a pas de mail ici, car il n'y a pas d'accès pour le monde extérieur. Donc la personne a contourné ce problème en essayant de s'introduire dans mon système pour me délivrer le message.

— C'est un message pour Albot ? Et il vient de qui ? Et il dit quoi ?

— On peut le voir ?

Voira réfléchit à l'aide de ses algorithmes pour savoir si elle pouvait répondre favorablement à cette demande.

— Normalement, ce message devrait être lu uniquement en présence d'Albot. Mais vu sa situation et le temps qu'il vous reste, je pense que je peux vous le passer.

Un hologramme comme celui de Voira apparut au centre de la pièce. Et ils reconnurent immédiatement l'image du maître.

CHAPITRE XVIII : Le passage

Et le maître commença son monologue enregistré :
— Je pense que vous me reconnaissez tous. Si vous écoutez ce message, c'est que vous êtes en vie, et que vous avez réussi à faire démarrer la base. Vous vous demandez sûrement pourquoi je vous envoie un message. Je vous demande de l'écouter attentivement, car il ne pourra pas être répété. Et il s'effacera au fur et à mesure de sa diffusion.

Il marqua une petite pause, afin que tout le monde puisse se concentrer :

— Je prends un énorme risque en vous transmettant ce message et l'information qui en découle. Quand j'ai pris votre cristal afin de vous aider à entrer dans cette base, le mien s'est mis en relation avec le vôtre et ils ont communiqué ensemble. Votre cristal est bien plus puissant que le mien, mais un fragment d'information, ou plus précisément des coordonnées ont été récupérées. Pour le moment, l'information est encryptée, mais il y a une forte probabilité qu'elle puisse être décodée d'ici quelques jours. Ces coordonnées correspondent au site de Descendance. Ils veulent envoyer des groupes afin d'éliminer tout le monde et tout raser. Vous devez absolument vous y rendre et convaincre tout le monde d'évacuer le site mère. Vous devez trouver le passage : c'est une pièce qui a été fermée et cachée depuis votre Seconde Guerre mondiale. Elle vous aidera à transférer le site.

— Ce n'est qu'une supposition, mais je pense que votre cristal servira de clé pour cette opération. Pour l'évacuation des personnes, je n'ai pas d'idée, je pense qu'Albot pourra vous aider. Vous pouvez penser que c'est un piège, et que vous ne pouvez pas me faire confiance. Je n'ai pas d'arguments ou de preuves pour m'aider à vous convaincre. Je vous laisse choisir votre destinée. Peu dechance que nos chemins se recroisent un jour, car il est fort probable qu'ils lancent des tueurs à mes trousses. Ils doivent me considérer comme un traître.

— Ce message arrive à sa fin, je suppose que vous avez dû vous apercevoir que l'on avait greffé un *nanolium* sur Albot. Et que vous l'avez sûrement retiré. Cela a débloqué une sorte de virus génétique destructeur, qu'on pourrait aussi appeler cheval de Troie génétique. Je n'ai pas de remède, et c'est irréversible. Mais je vous communique la formule d'une molécule capable de ralentir d'un jour ou deux ses effets. Cela vous donnera peut-être le temps de trouver une solution. Bonne chance à vous et surtout, prenez soin d'Albot, beaucoup de vies dépendent de lui. Et ne vous séparez jamais de votre cristal.

Le message s'arrêta net. Ils marquèrent un long silence, se dévisagèrent, ne sachant pas quoi penser. C'est Voira qui prit la parole :

— Cette situation est inhabituelle, mes calculateurs cherchent une solution. Mais l'intégrité de cette base est compromise et je vais devoir procéder à sa destruction.

— Et nous, on fait quoi ? Et Albot ? Il faut le réveiller et lui administrer votre traitement. Notre temps est compté.

— Vous pensez que ce gars dit vrai avec son message ? Est-ce que ce n'est pas un piège justement pour nous suivre et détruire Descendance ?

— Honnêtement, je pense qu'il dit vrai. De toute façon, que voulez-vous faire d'autre ? Oublier ce message et nous laisser mourir comme convenu ? Ou bien prendre son message comme un avertissement, et aider le maximum de monde à s'en sortir ?

C'était un dilemme lourd de conséquences, et qui impactait beaucoup plus de monde que leurs quatre petites vies.

— Voira, que pensez-vous de la formule qu'il nous a communiquée pour aider Albot?

— Elle pourrait effectivement nous faire gagner un ou deux jours.

— Vous devez aller à l'encontre du choix d'Albot et lui administrer la formule et votre traitement. Et ensuite, nous quitterons cette base pour rejoindre Descendance.

— La situation devient trop lourde en termes de conséquences. C'est une situation qui nécessite une prise de décision par mes concepteurs. Il faut que je les contacts et leur explique la situation.

— Mais ils sont où, vos concepteurs?

— Sur le site mère!

— C'est quoi, ce site? Il se trouve où? Qui y vit?

— Je ne peux pas répondre à vos questions. Ni prendre une décision au sujet d'Albot. Je dois en référer à mes concepteurs, et cela pour la première fois depuis que j'existe. Je vais administrer à Albot la formule qui nous a été communiquée, afin de gagner du temps. Je ne pense pas que mes concepteurs puissent prendre une décision aussi rapidement.

— Aidez-nous, s'il vous plaît, Voira.

— Je ferai ce qui est en mon pouvoir, mais je ne travaille que sur de la logique. Bien que je sois capable de m'adapter à toutes les situations ou de prendre des décisions rationnelles toute seule, mon expérience d'apprentissage s'acquiert avec des situations et un vécu. Et cette situation est pour moi toute nouvelle. Je vous laisse, je dois les contacter.

Voira les laissa à leurs réflexions.

— Nous faisons quoi, maintenant ? demanda Sad.

— On attend, répondit Mme Foxter.

Cela faisait maintenant vingt-quatre heures que Voira n'avait plus donné signe de présence. Ils s'occupaient comme ils le pouvaient, mais ils commençaient à trouver le temps long. Le petit groupe avait eu beau réfléchir à sa situation et aux choix possibles, quelque chose restait constant dans leurs conversations : ils avaient tous envie de retourner dans le vrai monde. Ne plus être enfermés dans cet endroit aseptisé. Et ne plus passer leurs journées à parler à une machine. Ils espéraient que Voira allait revenir avec une bonne nouvelle.

L'hologramme de Voira réapparut le lendemain.

— Voira, vous voilà enfin !

— Dis-nous ce qu'ils ont décidé.

— Je pense que le mieux est qu'il vous le dise lui-même. Mais avant cela, je dois vous injecter un *Symlium*.

— Un quoi?

— Un *Symlium*, c'est quelque chose qui vous aidera à comprendre le langage.

— Une sorte de traducteur universel?

— On peut dire ça. Je vais vous le greffer derrière votre tempe, au niveau du cervelet qui contrôle le langage.

— Je suppose que l'on n'a pas le choix?

— Non. Installez-vous dans vos habitacles respectifs. Cela ne durera que quelques minutes. Les effets secondaires sont une sorte de déséquilibre et une envie de vomir, mais qui ne durera que peu de temps.

— Bon, allons-y, on attend quoi ? Je n'ai même plus envie de poser de questions.

L'intervention, qui dura environ trente minutes, fut simultanément faite sur Helena, Sad et Colmart. Ils se relevèrent avec un sévère mal de crâne, une forte envie de vomir et l'incapacité de se tenir debout. Ils avaient la tête qui tournait.

— Ne vous inquiétez pas, d'ici quelques minutes, tout rentrera dans l'ordre. Prenez un verre d'eau, cela vous aidera. Voilà, je pense que vous êtes prêts, maintenant.

Un second hologramme apparut près de Voira. C'était une personne âgée avec une barbe blanche, habillée tout en blanc.

— Bonjour, je suis Oérélius cinquième du nom. Je suis le

représentant du consul qui a été choisi pour venir vous parler.

Voira m'a fait part de la problématique posée, et du danger que vous et nous-mêmes encourons. Nous n'intervenons plus dans vos affaires depuis bien longtemps. Et nous ne souhaitons pas recommencer aujourd'hui. Mais apparemment, on ne nous laisse pas le choix.

Le *Symlium* remplissait parfaitement son rôle. À aucun moment, ils n'eurent l'impression que l'interlocuteur parlait un autre langage que le leur.

— Mais vous êtes qui, exactement ?

— Chaque chose en son temps. Et le temps nous est compté, apparemment. Je pense que la personne qui vous a mis en garde dit malheureusement la vérité. Vous devez vous rendre sur le site que vous appelez Descendance et procéder à l'évacuation de tout le monde. Vous devez également trouver la pièce qui a été condamnée après votre Seconde Guerre mondiale. J'ai ajouté quelques informations supplémentaires sur votre cristal : les coordonnées du site mère. Le cristal permettra, je pense, de ramener ces bâtiments sur leur lieu originel. Mais il est primordial de ne jamais perdre ce cristal, et qu'il n'arrive aucun malheur à Albot. Le cristal lui est lié, je ne sais pas comment, nous essayons de comprendre.

— Mais par quel moyen pouvons-nous faire évacuer plus de cinq cents personnes ?

— Et comment les convaincre d'évacuer ?

— Même si nous trouvons la pièce cachée, que sommes-nous censés faire ensuite ?

— Trouvez d'abord la pièce, et nous travaillerons pour trouver une façon de vous aider à vous faire évacuer.

— Mais peut-être qu'Albot aura une idée ?

— Pendant que nous parlions, Voira a lancé le protocole sur Albot. J'espère qu'il acceptera la situation car cela risque de lui faire un choc.

— Mais c'est quoi, cette foutue solution que Voira hésitait tant à lui administrer ?

— Il a subi une destruction massive de son génome. En temps normal, il devrait déjà être mort. Nous devons reconstruire son génome, son patrimoine génétique est très important. Mais pour cela, nous allons lui administrer des capsules d'un nouveau genre. Le *Femtriaminum*, et non plus des *nanotriaminums*. Cette nouvelle technologie est encore à l'étude, c'est une version modifiée que nous allons lui administrer. Mais comme il est difficile de gérer autant d'informations pour ces *Femtos*, nous allons intégrer l'équivalent de Voira dans son cerveau, ce qui permettra de stabiliser et de contrôler toutes les *Femtos*.

— Je comprends mieux maintenant votre réticence. Je ne voudrais pas être le premier à lui annoncer la nouvelle à son réveil. Tu sais, Albot, un ordinateur a pris place dans ton cerveau. Et au fait, quand tu auras des enfants, si tu survis bien sûr, eh bien ils auront un génome légèrement modifié. Tu parles d'une vie ! Je comprends mieux maintenant sa décision de crever.

— On ne lui a rien expliqué, il a refusé la solution sans en connaître les détails.

— Je vous laisse.

— Comment pourrons-nous vous contacter ?

— Dès que vous aurez placé le cristal dans la pièce cachée de Descendance, je reviendrai et vous comprendrez.

Et le représentant du consul disparut. Au même instant, un bruit d'explosion fit vibrer l'enceinte.

— Merde, que se passe-t-il encore ? s'exclama l'inspecteur.

— Nous sommes attaqués. Je lance l'autodestruction du site, précisa Voira. Je vais essayer au maximum de les retenir.

Voira ajouta d'une voix neutre mais autoritaire :

— Allez vite à vos couchages et mettez les nouvelles combinaisons et vos vêtements. Prenez également les vêtements et la combinaison d'Albot. Et revenez ici pour aider Albot à faire de même. Reprenez également le cristal qui est à l'entrée.

Chacun se dépêcha d'exécuter les recommandations de Voira. Et pendant tout le temps où ils se préparaient, les explosions n'arrêtèrent pas de se succéder. Ils revinrent tous dans la pièce où se trouvait Albot.

— Voira, les explosions se rapprochent !

— Je n'arriverai pas à les contenir plus longtemps. J'ai pratiquement dérivé toute l'énergie de la base pour en protéger l'accès. Le champ magnétique qui protège l'accès s'affaiblit.

— Nous avons combien de temps avant qu'ils pénètrent dans la base ?

— Mon estimation est un peu moins d'une heure.

— Comment allons-nous sortir d'ici ?

— Occupez-vous d'Albot, il est en phase de réveil. Préparez-le, et expliquez-lui la situation.

Albot commençait à émerger de son état de sommeil. Il avait un mal de tête inimaginable, des nausées accompagnées de tremblements. Il se sentait faible. Mais il pouvait de nouveau voir.

— Que se passe-t-il ? Pourquoi suis-je encore vivant ? Et cette douleur dans ma tête, que m'avez-vous fait, Voira ?

— Albot, nous n'avons pas le temps de débattre et de tout vous expliquer dans le détail. La situation est assez grave pour que nous ayons été obligés de ne pas respecter vos vœux. Vous nous jugerez plus tard. Pour le moment, nous devons sortir d'ici. Beaucoup de vies dépendent de nous.

— On va t'aider à t'habiller.

Sad et Colmart aidèrent Albot à s'équiper de sa nouvelle combinaison.

— Voira, nous sommes prêts. On fait quoi, maintenant ?

— Vous avalez ces nouvelles gélules qui sont posées sur cette table. Ces pilules sont bien plus perfectionnées que celles que vous aviez quand vous êtes arrivés. Elles sont également plus rapides à se mettre en place. Vous, Albot, vous n'en avez pas besoin, vous avez déjà ce qu'il vous faut.

— Comment ça ?

— Pas maintenant, nous n'avons pas le temps.

Une forte explosion se fit entendre, secouant toute la base.

— C'est fait, ils sont entrés !

Mme Foxter tendit le cristal à Albot.

— Tenez Albot, reprenez votre cristal.

Les pas se rapprochaient maintenant de leur zone. Les soldats plaçaient des charges sur la porte en verre blindé.

— Voira, si vous avez un plan, c'est maintenant ou jamais.

— Je pense que c'est le bon moment maintenant, nous pouvons y aller.

— Comment ça, nous ? Vous venez aussi ? Et par quel miracle ?

Un silence suivit, qui ne pouvait rien présager de bon. Elle ne répondit pas.

— Je vous ouvre un passage, et vous courez. Ce passage vous mènera à la surface. Vos combinaisons vous protégeront des conditions extérieures. Cette base et le passage que vous allez emprunter seront immédiatement détruits.

— Mais il nous emmène où, ce passage ?

Ils n'eurent pas le temps d'obtenir une réponse. Ils prirent leurs affaires et se précipitèrent dans un passage qui était apparu au fond de la pièce. C'était une sorte de trou noir, sans aucune visibilité. Ils y entrèrent sans réfléchir, et sans se poser de question. Le passagese referma immédiatement derrière eux. Avant que le passage ne sesoit entièrement refermé, une petite capsule de la taille d'un bouchon de stylo, avec une sorte de tube transparent de couleur bleue, tomba à leurs pieds.

Albot ramassa l'objet.

— Mais c'est quoi, ce truc ?

— Pas la moindre idée, mais je pense que tu devrais le lâcher.

— Mais où avons-nous atterri ?

CHAPITRE XIX : La meute

Nos quatre voyageurs se tenaient debout en regardant autour d'eux, et en essayant de se repérer. Mais ils ne voyaient rien, à part de la neige à perte de vue.

— Mais où sommes-nous ?

— Bonne question. Où Voira nous a-t-elle parachutés ?

D'un coup, Albot se figea et tomba au sol avec des tremblements.

— Merde, que se passe-t-il encore ?

Malgré la cagoule de sa combinaison, on pouvait s'apercevoir qu'il avait les yeux révulsés. Une petite voix se fit entendre dans chacune de leurs têtes.

— Ne vous inquiétez pas, c'est normal. Cela va passer.

— Voira, c'est toi ? Mais comment est-ce possible ?

— Le petit ordinateur qui a été ajouté dans le crâne d'Albot, eh bien c'est moi. C'était le seul moyen de le sauver. Aucune autre machine ne pouvait traiter autant d'informations. Le *Femtriaminum* est trop instable pour le moment. Il faut que j'arrive à le stabiliser de l'intérieur. Mais j'ai besoin de temps. Ces convulsions sont dues aux modifications, et au réassemblage, génétiques. Les principales modifications sont faites, mais il en reste quelques-unes en phase terminale. Je suis obligée de compenser pour que son organisme tienne le coup et pour éviter le rejet.

— Cela va prendre combien de temps ?

— Je ne sais pas trop. Je vais le faire phase par phase, afin d'éviter qu'il ne s'épuise.

— Mais comment êtes-vous dans nos têtes ?

— J'utilise la combinaison d'Albot comme transmetteur. Les combinaisons peuvent communiquer entre elles. Et le *Symlium* que je vous ai implanté dans les tempes permet le transcodage du protocole employé.

Ils ne comprirent pas tout de l'explication de Voira, mais l'important était qu'ils avaient maintenant un allié supplémentaire pour les aider à se sortir de ce cauchemar.

— Cela ne nous dit pas où nous avons atterri ?

— Nous sommes dans la toundra en Russie.

— Comment est-ce possible ?

— Le passage que vous avez emprunté est une sorte de passage temporel. Ce passage permet d'aller d'un point A vers un point B, à condition d'avoir les bonnes coordonnées dans l'espace-temps.

— Je ne comprends pas, on s'est téléportés, comme dans les films de science-fiction ?

— Non, pas tout à fait. J'ai ouvert un passage avec des coordonnées que l'on m'avait communiquées en cas d'urgence. Tout comme le tunnel que vous avez emprunté pour rejoindre la base, il s'agit de l'une des premières portes temporelles à avoir été créées. Il en existait cinq sur cette planète, et maintenant plus que quatre, puisque j'en ai détruit une. Ces coordonnées sont comme vos coordonnées GPS, sauf qu'elles sont à l'échelle de l'univers. Et qu'en plus des coordonnées de l'espace, il faut également celles de l'échelle de temps, qui est fondée sur le mouvement perpétuel des astres. La terre est un astre en mouvement perpétuel. Il faut donc calculer les coordonnées avec les bons paramètres, sous peine de se retrouver dans l'espace ou à l'intérieur d'une montagne. Le plus facile est d'aller à un endroit et d'en mémoriser les coordonnées.

— Et vous n'avez pas d'autres coordonnées ?

— Ma base de connaissances n'a pas été mise à jour avec d'autres coordonnées, pour des raisons de sécurité. Et c'est pour cela que je ne peux pas créer un autre passage pour partir d'ici.

— Et cette capsule, qui est arrivée après nous. C'est à vous ?

— Non, c'est une capsule de transmission. Une sorte de balise pour nos poursuivants. Ils ont dû la jeter avant que le passage ne se ferme et que tout explose.

— Cela voudrait-il dire qu'ils peuvent nous suivre ?

— De quelle couleur est la capsule ?

— Elle était bleue. Attendez! Elle est rouge maintenant.

— Nos poursuivants ont les coordonnées à présent…

— Dans combien de temps seront-ils là ?

— Il faut qu'ils analysent la destination, qu'ils traitent les coordonnées, qu'ils vérifient l'exactitude des données. Quelques jours. Deux peut-être, voire trois.

Ils n'avaient pas tout compris des explications de Voira, mais ce qui était certain, c'est qu'ils étaient bloqués dans un désert blanc. Avec des poursuivants qui risquaient de leur tomber dessus dans quelques jours.

Ils étaient confrontés à des températures extrêmement basses, et leurs vêtements de ville ne se prêtaient pas à ce type de conditions météorologiques. Heureusement qu'ils avaient leurs combinaisons à base de *nanodes*, sans quoi ils seraient tous morts de froid depuis longtemps. Albot revenait doucement à lui, les tremblements s'étaient estompés, mais il avait toujours ce mal de crâne.

— Que s'est-il passé ? Pourquoi j'entends Voira dans ma tête ?

Ils se regardèrent, ne sachant pas par où commencer. Comment lui expliquer qu'un ordinateur quantique avait emménagé dans une partie de son cerveau ?

— Voira, indique-nous, s'il te plaît, quelle direction prendre. Albot, nous te donnerons toutes les explications en chemin.

— Prenez la direction du nord, et vous devriez atteindre la route M8 dans trois à quatre heures de marche. Ensuite, il faudra espérer que vous puissiez croiser un véhicule et qu'il accepte de vous emmener à Severodvinsk. Il y a un petit aérodrome, là-bas.

— Je n'ose imaginer la tête du gars que l'on croisera sur cette route, quand il nous verra en tenue de ville dans la toundra, sans aucun sac ni équipement… On trouvera bien une excuse bidon. Allez, on avance.

Et ils commencèrent à raconter et à expliquer à Albot les derniers événements qui s'étaient déroulés avec l'aide de Voira. Les explications sur ce que Voira avait été obligée de faire pour   le maintenir en vie le firent chanceler. La visite holographique du consul Oérélius le surprit. Sans compter le passage sur la nécessité de faire évacuer Descendance et de trouver cette pièce cachée. Mais, au bout des explications, Albot se sentit complètement impuissant et plus maître de sa destinée.

La neige montait jusqu'à leurs genoux. Ils avaient oublié que marcher dans la neige sans raquettes était une hérésie. Leurs vêtements étaient complètement gelés, occasionnant une gêne pour se déplacer. Toutefois, ils n'avaient nullement froid grâce à leur combinaison, mais ils devaient absolument se nourrir afin d'en tirer l'énergie nécessaire.

— Cela fait des heures que nous marchons, et nous n'avons pas croisé la moindre route.

— Voira, quand tu parlais de trois à quatre heures de marche, tu ne confondais pas avec des jours ?

— Mes calculs n'avaient pas pris en compte la difficulté de marcher dans la neige. Vous devez rapidement trouver un endroit où vous reposer, sans quoi vous n'y arriverez pas. Je détecte également plusieurs présences qui vous suivent depuis environ une heure.

— Ce sont nos tueurs qui nous poursuivent ?

— Non, ils ont quatre pattes, je dirais plutôt une meute de loups. Ils attendent que vous soyez affaiblis. Il y a un bois sur votre gauche, allez-y. Je détecte de la chaleur provenant de cette direction. Mais je n'arrive pas à en déterminer la provenance exacte.

Cette bonne et à la fois mauvaise nouvelle leur donna du cœur à l'ouvrage.

— Nous n'allons quand même pas nous faire bouffer par des loups après tout ce que nous avons enduré !

Ils entrèrent dans les bois, où ils ne distinguèrent plus grand-chose.

— Passons notre cagoule en mode nocturne.

— C'est mieux, beaucoup mieux.

— Je distingue les yeux de nos poursuivants.

— Je vais passer la cagoule d'Albot en mode de détection thermique, afin de nous aider à trouver la source de cette chaleur.

Ce mode lui permit de mieux voir leur environnement et la chaleur corporelle de leurs poursuivants. Ils étaient à une cinquantaine de mètres. La meute était composée d'une dizaine de loups adultes. Ceux-ci commençaient à les encercler. Mais Albot ne distingua aucune autre source de chaleur.

— Voira, étais-tu sûre de toi, quand tu nous as dirigés vers ce bois ? Car je ne distingue aucune autre chaleur.

— Je suis certaine d'avoir détecté une source thermique, vous ne devez pas en être loin.

Les loups se rapprochaient maintenant sans vergogne, ils essayaient de flairer celui qui était le plus faible du groupe, afin de l'attaquer en premier.

— Nous faisons quoi, maintenant ?

— On se regroupe en cercle et on ramasse des morceaux de bois.

Le chef de la meute poussa un hurlement, et sept loups s'avancèrent immédiatement vers le petit groupe en montrant les canines et en émettant des grognements. Le chef resta en retrait, avec deux autres loups. Un des loups, de couleur grise, attaqua le premier. Sad lui abattit le morceau de bois sur le crâne, ce qui le fit immédiatement reculer. Mais deux autres s'étaient déjà avancés vers Mme Foxter, et deux autres encore s'en prenaient à Colmart. Ils faisaient tournoyer en l'air leur piètre arme de bois quand le chef de la meute sauta d'un bon sur Albot. Personne ne l'avait vu venir.

C'était un moyen de diversion, pour isoler le plus faible. Les crocs s'étaient refermés sur le bras d'Albot, qui avait eu le réflexe de se protéger de l'attaque à la gorge. Le loup fit immédiatement un bond en arrière, laissant une canine sur le champ de bataille. Les autres loups s'arrêtèrent net, et se regroupèrent.

— Que s'est-il passé, Voira ?

— Vos combinaisons ont des propriétés qui les rendent capables de se durcir et de générer un fort voltage électrique. J'ai endurci l'avant-bras d'Albot au moment où ce loup refermait ses crocs. Et je lui ai envoyé une décharge électrique.

— Bien joué, mais ils vont revenir?

— Oui, je ne pense pas qu'ils abandonneront aussi facilement.

— Ils font quoi, maintenant ?

Les loups s'étaient regroupés et avaient l'air de se disputer. Ils grognaient entre eux, surtout le chef de la meute contre un loup noir qui était resté en retrait. Ils tournaient autour d'un rond imaginaire, en grognant et en montrant les crocs. Et d'un coup, les deux loups s'élancèrent.

Le loup noir feinta une prise à la gorge et ferma ses crocs sur la patte avant gauche de son adversaire. Un bruit de cassure se fit entendre, et le chef de la meute aboya de douleur, à terre.

Un nouveau mâle dominant venait d'endosser le rôle de leader. L'ancien chef de meute émit un aboiement de soumission. Mais le nouveau chef ne s'arrêta pas là et lui mordit le cou, lui arrachant un morceau de l'oreille droite. Il voulait dominer la meute en montrant sa fureur.

— Aïe, ça se complique.

— Je crois que ce nouveau chef est complètement taré.

— Regardez, le reste de la meute vient de se joindre à eux. Ils sont maintenant une vingtaine !

— Là, on est mal.

Il faisait maintenant nuit noire, et on ne voyait plus que les yeux des loups. Heureusement qu'ils avaient leurs combinaisons, qui leur permettaient de voir la nuit. Albot continuait à chercher une source thermique dans les bois, mais à part des animaux nocturnes, il ne voyait rien qui puisse les aider. Les loups s'étaient apparemment concertés. Ils avancèrent vers leurs proies et recommencèrent à les encercler.

— Si vous êtes croyants, c'est le moment de faire votre prière.

Albot tremblait comme une feuille. Il continuait de chercher la moindre chaleur pouvant s'échapper de ce bois quand, tout à coup, il crut rêver.

— Je vois quelque chose.

— Où, Albot ? Quelle direction ?

— Disons que c'est difficile à vous montrer et à estimer.

— Comment cela ?

— Je crois que c'est une cabane qui se trouve sur un arbre. Très haut perchée.

— Tu m'étonnes qu'on ne l'ait pas trouvée en pleine nuit.

— En même temps, ce n'est pas con. Il ne risque pas d'être dérangé par les loups.

— Elle est à quelle distance ? Voira, tu peux nous aider ?

— Je dirais à cinq cents mètres. Mais vous avez de la chance, car la neige sous les bois est plus dure et plus dense. Vous devriez avoir moins de problèmes pour bouger.

— Mais il y a des loups qui nous barrent le chemin !

— On fonce dessus en criant avec nos morceaux de bois.

— On passe en force. Maintenant !

Ils se mirent à courir en criant et en faisant tournoyer leurs armes de fortune. Les loups furent surpris par ce changement de comportement de leurs cibles. Les deux loups qui leur barraient le chemin s'enfuirent tout en essuyant un coup de bois sur le flanc droit. Mais le nouveau chef de la meute aboya et tous les loups se mirent à courir derrière eux.

Le sol était plus ou moins dur, comme l'avait prévu Voira, mais il y avait des morceaux d'arbres, de branches et de pierres qui jonchaient le sol. Ils risquaient de tomber à tout moment, et leurs poursuivants ne feraient alors qu'une bouchée d'eux.

Ils avaient parcouru la moitié du chemin. Les loups les talonnaient, ils n'étaient plus qu'à une portée de crocs quand Voira lança la commande d'accélération sur leurs combinaisons. Les loups, qui avaient presque rattrapé leurs proies, n'en revinrent pas. Cette accélération permit au groupe d'atteindre l'arbre qui hébergeait la cabane. Ils se collèrent dos contre l'arbre avec leurs bâtons devant eux. L'arbre n'avait aucune branche à une hauteur atteignable. La personne qui vivait là-haut avait dû couper toutes les branches afin de s'assurer que personne ne pourrait y monter.

— Et on fait quoi, maintenant ? Il n'y a pas de sonnette, apparemment.

Les loups venaient d'arriver devant l'arbre. Ils faisaient des allers- retours en aboyant et en montrant leurs canines. Nos quatre proies commencèrent à crier à destination de la cabane. Albot prit un caillou qu'il lança, imité par Sad et Colmart, en direction de la cabane.

— Il n'y a personne là-haut ?

— Il y a de la lumière, et la source thermique détectée provient d'un feu de cheminée.

Le chef de la meute s'avança seul, il voulait sûrement montrer aux autres qu'il n'avait pas peur et qu'il était le mâle dominant.

— Voira, penses-tu pouvoir reproduire ce que tu as fait tout à l'heure avec l'autre chef de meute ?

— Oui, Albot, mais tu n'as presque plus d'énergie. Tu ne pourras le faire qu'une unique fois. Pourquoi ?

— Je vais le provoquer, et quand il m'attaquera, je veux que tu fasses comme pour tout à l'heure. Et que tu amplifies la décharge électrique.

— Mais tu es fou, Albot, c'est du suicide !

— Nous sommes morts de toute façon, si nous ne faisons rien. Si ça marche, cela nous donnera un petit répit.

Et, arrêtant net la discussion, il s'avança pour faire face au chef de meute. C'était un loup qui pesait une centaine de kilos au moins, il avait une balafre sur la gauche du museau. Le bout de sa queue était manquant. Le loup le regarda, probablement surpris de ne pas sentir de peur chez cette petite proie qui se trouvait devant lui. Albot sentit que c'était un loup vicieux et vorace.

Il n'aurait pas de seconde chance.

Le loup bondit d'un coup vers Albot, qui s'écarta à la dernière seconde. Voira avait analysé chaque mouvement et muscle de ce loup, de façon à calculer la trajectoire du bond et à pouvoir donner le bon tempo à Albot. L'adolescent prit le loup par son flanc droit, et ferma ses bras autour de son cou. Une énorme décharge électrique fut envoyée sur les avant-bras d'Albot, qui foudroya le chef de meute.

Le loup gisait sur le sol sans vie. Albot se releva à moitié sonné, il chancelait, mais il tenait encore debout. Un loup s'approcha alors d'Albot, puis un second. Le petit quatuor se tint prêt à se battre. Mais la meute s'approchait tout doucement, avec des petits gémissements, sans agressivité. Ils reniflèrent leur chef de meute qui gisait au sol sans vie. Et émirent des petits cris de soumission. L'un d'eux, qui était sûrement une louve, lécha la main d'Albot, le regarda et émit un jappement. Puis toute la meute disparut dans les bois en l'espace de quelques secondes.

— Là, Albot, j'ai failli faire dans mon froc.

— Ou tu en as une grosse paire pour ton âge, ou bien tu ne tiens pas à la vie.

— Merci, Voira. Même si vous ne comprenez pas ce que ce terme peut représenter.

— Je n'ai fait que vous aider à appliquer votre idée. Ce n'est pas moi qui devais faire face à un monstre de plus de cent kilos.

— Nous devons trouver un moyen de monter à cet arbre.

— Je vous le confirme, et cela très rapidement. Car je détecte, via vos capteurs, que vos combinaisons ont besoin d'être rechargées.

C'est alors qu'une voix au fort accent russe se fit entendre du haut de l'arbre :

— Vous êtes qui, vous, en bas ?

CHAPITRE XX : Noël dans les bois

La personne qui s'adressait à eux les surplombait d'une bonne dizaine de mètres. À cette distance, ils auraient parié pour une femme d'une trentaine d'années. Mais ce n'était pas certain. Elle pointait un fusil dans leur direction. Et elle n'avait pas l'air d'apprécier les étrangers.

Elle s'exprimait en russe, mais leur *Symlium* traduisait en simultané.

— Qui êtes-vous ? Que voulez-vous ?

Le problème est qu'ils ne pouvaient pas répondre en russe, puisque cela ne fonctionnait que dans un sens. Elle continua à poser la même question en russe.

— Qui êtes-vous ? Que voulez-vous ?

— Nous voilà bien.

Nos amis essayèrent d'ouvrir un dialogue et de la rassurer.

— Est-ce que vous parlez français ou anglais ? Nous ne sommes pas armés, nous ne vous voulons aucun mal.

La seule réponse fut un silence qui dura quelques minutes. Des minutes qui lui permirent sûrement de réfléchir à la situation. Elle finit par rompre le silence dans un français approximatif.

— Je parle un petit peu français. Qui vous êtes ?

— Nous avons besoin d'aide. Nous avons besoin de nous reposer et de reprendre des forces.

— Où sont chiens traîneau ? Voiture ? Vous pas froid ?

Elle devait sûrement se poser des questions sur leurs vêtements de ville qui n'étaient pas très adaptés pour cette région. Et comment pouvaient-ils se retrouver ici sans moyen de transport ? Ils réfléchirent à une réponse plausible et réaliste, afin de lui donner confiance. Mme Foxter lui répondit :

— Nous étions en avion, mais nous avons été obligés d'atterrir en urgence. Nous marchons depuis plusieurs heures et nous sommes exténués, nous avons besoin de nous reposer et de manger.

— Vous marchez depuis heures dans ces vêtements ? Vous tenir maxi trente minutes. Vous ne dire pas vrai. Vous pas possible vivre.

La discussion commençait à s'enliser.

— Écoutez. Nous sommes des chercheurs, et nous voulions venir ici pour tester des nouveaux vêtements qui résistent au froid. Mais les batteries qui alimentent nos vêtements commencent à faiblir, nous avons besoin de les recharger.

— Difficile moi croire vous.

— Vous ne pouvez pas nous laisser mourir devant votre cabane, quand même !

— Vous pas avoir armes ?

— Non, nous n'avons rien sur nous.

C'est alors qu'Albot commença une nouvelle crise, s'effondrant sur le sol avec des tremblements.

— Que se passe-t-il, Voira !?

— J'ai utilisé une trop grande énergie tout à l'heure avec le loup, et je n'en ai plus assez pour gérer les *Femtos*. Il a besoin de chaleur et de nourriture.

— Je pense que nous avons tous besoin de la même chose. Une échelle composée de cordes venait de descendre de l'arbre.

— Je appelle Traska, vous monter pouvez.

Ils ne se firent pas prier. Sad prit Albot sur son épaule, et commença l'escalade. Colmart tenait le bas de l'échelle de façon à la stabiliser au maximum. Une fois que Sad et Albot furent arrivés, Mme Foxter commença à son tour l'ascension, suivie de Colmart. Cela prit un certain temps, car l'échelle n'était pas très stable. Mais au bout de quelques minutes, ils finirent par arriver sur la plateforme où se trouvait la cabane.

Celle-ci n'était pas sur l'arbre ou autour de l'arbre, comme ils pouvaient s'y attendre. Mais elle était entre cinq arbres. Des arbres assez proches les uns des autres pour permettre ce type de construction.

La cabane devait faire une trentaine de mètres carrés. Les branches des arbres protégeaient le toit, évitant ainsi un trop grand poids dû à l'accumulation de neige. L'intérieur était éclairé par deux lampes à pétrole et un feu de cheminée.

Albot avait été allongé sur une sorte de canapé en bois en face de cette cheminée.

— J'ai café pour chauffer vous, et biscuits.

— Merci beaucoup, Traska, pour votre aide. Moi, c'est Helena, et les amis qui m'accompagnent sont Sad Hamler, Georges Colmart, et l'adolescent qui est allongé s'appelle Albot.

— Cela me fait drôle que vous me présentiez par mon prénom, Georges, et non comme Colmart tout court.

Mais Mme Foxter fit semblant de ne pas entendre la remarque.

— Votre ami Albot avoir quoi ? Malade ?

— C'est compliqué à expliquer. Il a besoin de reprendre des forces.

Même si Traska les avait si gentiment accueillis, et leur avait sûrement sauvé la vie, ils n'étaient pas prêts à déballer toute leur histoire à une parfaite inconnue. Et fallait-il encore qu'elle puisse les croire.

— J'ai préparé manger pour vous. Vous pouvez laver pièce à côté. Eau chaude aussi.

— Vous vivez seule ici ? Vous y faites quoi ?

— Je vis avec ami ici, lui parti pour chercher carburant pour groupe et réserve nourriture. Mais lui pas revenir, moi inquiète. Nous travailler ici pour étude nature.

— Depuis longtemps ?

— Un an plus trois mois.

Elle montra de l'index un calendrier accroché au mur avec des jours barrés.

— Il est à jour, votre calendrier ?

— Oui, moi barrer jours. Pourquoi ?

— Si votre calendrier est à jour, eh bien demain soir, c'est le 24 décembre. Soir du réveillon de Noël.

— Avec tout ce qui nous est arrivé, je suis complètement perdu dans les dates.

— Si comme cadeau on pouvait m'offrir un retour au bercail, j'en serais ravi.

La cabane était composée principalement d'une pièce à vivre, d'une petite chambre avec un lit et d'un petit cabinet de toilette. C'était très spartiate, mais vivable.

— Si vous permettez, je vais aller tester vos toilettes de Robinson.

Albot revenait à lui. Voira, qui était restée silencieuse jusqu'à présent, expliqua l'état de santé d'Albot.

— Il va mieux, mais il faut qu'il mange et qu'il se repose. Ne me répondez pas, vous risqueriez d'inquiéter cette personne. Je me mets en veille.

Ils dînèrent en parlant de la pluie et du beau temps, mais sans jamais entrer dans des détails pouvant être compromettants.

— Dites-moi, Traska, vous n'avez pas entendu, tout à l'heure, nos cris et les loups ?

— Moi entendre loups, mais penser eux attaquer caribous. Ici haut, pas entendre tous bruits.

Et il était vrai que depuis qu'ils étaient à l'intérieur, ils avaient l'impression que la pièce était insonorisée.

— Cabane construite hauteur pour danger, et mur double pour froid. Pas entendre tout. Vous fatigués, moi donner vous couvertures pour dormir.

Ils étaient tous morts de fatigue et ne tardèrent pas à s'endormir les uns contre les autres près du feu. Enveloppés dans les couvertures que Traska leur avait données, ils ne tardèrent pas à plonger dans les bras de Morphée.

Ils furent réveillés au petit matin par les rayons du soleil qui traversaient la fenêtre. Traska avait préparé un repas avec des céréales, du café et du lait en poudre.

— Dites-moi, Traska, vous n'avez pas un moyen de communiquer?

— Avoir radio, mais plus électricité. Plus essence pour groupe.

— Votre ami est parti il y a longtemps?

— Cinq jours, aujourd'hui six.

— Et d'habitude, il met autant de temps?

— Lui revenir après trois jours, et une fois quatre jours. Mais maintenant moi inquiète. Lui, peut-être accident ou attaqué par loups.

— Vous allez faire quoi, s'il ne revient pas?

— Moi partir d'ici, pas électricité, pas nourriture, pas possible rester.

— Votre ami est parti comment?

— Nous avoir moto avec caravane.

— Je suppose que vous voulez dire une motoneige avec un traîneau.

— Oui, motoneige traîneau.

Nos amis n'avaient pas un bon pressentiment pour l'ami de cette pauvre Traska.

— Vous voulez venir avec nous ? Nous pouvons partir seulement demain ou après-demain pour être sûrs que votre ami ne reviendra pas.

— Moi réfléchir.

— Nous attendrons votre réponse avant de partir.

— Merci.

Sad et Colmart passèrent leur matinée à couper du bois et à le monter via un astucieux système de poulies. Ils partirent tous les deux en début d'après-midi pour essayer de chasser le repas du soir. Traska leur avait prêté deux fusils. Elle les avait prévenus que normalement, en cette saison, les oiseaux avaient déjà migré.

Après avoir cherché pendant plusieurs heures dans les bois, ils décidèrent d'aller voir en dehors de ces bois. Le soleil, à cette époque de l'année, tombait très tôt. Et ils n'avaient pas envie de se retrouver dans les bois une fois la nuit tombée. Une rencontre avec les loups leur suffisait amplement, aucune envie de renouveler l'expérience.

Les deux chasseurs étaient sortis du petit bois pour essayer de trouver ce qui pourrait le plus se rapprocher d'une dinde quand ils tombèrent sur un petit groupe d'oies des neiges. Des oies qui apparemment n'avaient pas migré. Ce petit groupe, d'une douzaine d'oies, était autour d'une petite source d'eau chaude qui diffusait sa chaleur sur une centaine de mètres, faisant fondre la neige tout autour. Cela permettait aux oiseaux d'avoir de la nourriture via des racines et des feuilles. Le père Noël était apparemment en avance.

Il ne fallait pas qu'ils ratent leurs cibles, sinon c'était adieu au repas de réveillon. Autant Sad que Colmart se concentraient pour bien viser, et ils firent mouche sur deux grosses oies blanches. Ils se regardèrent en souriant de toutes leurs dents et revinrent à la cabane avec leur butin, fiers comme des coqs.

Traska n'en revint pas qu'ils aient réussi à trouver des oies blanches en cette saison car, normalement, elles migrent en septembre. Elle prépara les oies avec des pommes de terre sauvages et des champignons. Il lui restait une boîte de fruits confits et un peu de farine, ce qui lui permit de préparer une sorte de cake de Noël. Ce fut un réveillon de Noël qu'ils n'étaient pas près d'oublier.

Le bruit des bûches qui brûlaient dans la cheminée et la danse des flammèches les réconfortaient. Ils avaient remarqué par la fenêtre que la neige s'était remise à tomber. Ils plaisantaient et riaient, ils essayaient d'oublier, le temps d'une soirée, leurs craintes et leur sentiment de peur.

Traska offrit comme présent à Sad et à Colmart les deux fusils qu'ils avaient utilisés dans l'après-midi. Elle offrit à Helena une sorte de petite barrette pour ses cheveux, et un couteau rétractable à Albot.

Mais ils n'avaient pas l'ombre d'un cadeau à lui offrir en retour. Traska sentit la gêne, et les rassura :

— Merci vous pour cadeau.

Nos amis se regardèrent les uns les autres, se demandant de quel cadeau elle pouvait bien parler :

— Pour belle peau loup.

Et elle montra la fenêtre. Traska avait écorché le chef de meute qu'Albot avait électrocuté la veille et avait étendu sa peau pour qu'elle sèche.

— Fera bon couverture pour hiver.

Tous se regardèrent, et soudain rirent aux larmes.

C'est alors que Voira, qui était restée silencieuse jusqu'à présent, décida à son tour de leur souhaiter un joyeux Noël. Elle s'adressa aux quatre voyageurs :

— Je vous souhaite un joyeux Noël, bien que mon programme n'en comprenne pas trop la signification. Mes capteurs m'indiquent que vous êtes détendus. Et c'est ce qui compte.

— Merci, Voira.

— Helena, je voudrais vous offrir un magnifique cadeau à mon tour.

Chacun d'eux se demanda ce que Voira aurait bien à offrir.

— Oui, Voira, nous vous écoutons.

— Eh bien, je voudrais vous féliciter.

— Me féliciter ? Mais pourquoi ?

— Vous féliciter pour le bébé que vous portez en vous.

Chacun d'eux resta bouche bée par cette nouvelle. Mme Foxter ne comprenait absolument rien à ce que Voira voulait insinuer.

— Voira, je ne comprends pas un traître mot de ce que vous racontez !

La pauvre Traska ne comprenait rien non plus à ce qui se passait, et elle se demandait qui était cette Voira.

— Excusez-moi mais pas comprendre, vous parlez qui ?

— C'est compliqué à expliquer. Et c'est une très longue histoire.

— Vous attendre bébé ?

— Disons que ce n'est pas clair. Voira, pourriez-vous m'expliquer ?

— Vous avez eu des rapports à la base, et ce bébé découle de ces rapports. Votre combinaison et les nanodes me transmettent des informations sur votre état de santé. Et il s'avère que votre corps commence à s'adapter.

— Mais cela ne fait que quelques jours. Comment est-ce possible ? Je ne peux pas avoir d'enfant.

— Lors de mon diagnostic, dans les habitacles, j'ai réglé vos différents problèmes. Je vous en ai fait part.

— Oui, je m'en souviens. Mais je n'imaginais pas que cela pouvait engendrer un bébé aussi rapidement.

Les guérisons que j'ai apportées à chacun de vous étaient immédiates. Et votre ovaire fut immédiatement fécond. Et vous avez eu des rapports le lendemain ! Par contre, je ne peux pas vous préciser pour le moment qui est le père.

Mme Foxter était rouge écarlate. Les deux hommes pensaient pouvoir être le père biologique, mais ils ignoraient que cela pouvait être aussi bien l'un que l'autre. Sad et Colmart se regardèrent en chiens de faïence. Ce quiproquo toucha vite à sa fin quand Mme Foxter s'adressa à eux :

— Sad, Colmart, je suis désolée. Nous nous pensions au terme de notre vie, pour le lendemain. C'était une façon de quitter ce monde sans regret ni amertume. Je vous avais obligés à me suivre, et si vous deviez mourir, c'était par ma faute.

Elle disait cela avec des larmes qui commençaient à couler sur ses joues. Sad et Colmart ne savaient pas comment réagir à la nouvelle. Colmart prit le premier la parole :

— Helena, je comprends votre réaction. Et je m'en voudrais de vous en tenir rigueur. J'ai passé une très belle nuit, grâce à vous. Quel condamné à mort ne souhaiterait pas avoir de tels adieux ?

Sad parla à son tour :

— Vous savez, je n'aurais jamais imaginé finir ma vie avec un tel souvenir. Vous m'avez apporté la paix, et je me sentais prêt à quitter ce monde grâce à vous. Ce bébé a été conçu dans l'amour, et je serais incapable de vous en vouloir. Je ne peux que vous remercier.

Albot, qui était resté à l'écoute jusqu'à présent, était complètement perdu.

— Je suis avec vous depuis un certain temps déjà. Mais là, je suis aussi largué que Traska.

Mme Foxter expliqua tout le déroulement et la raison de sa décision. Et Albot n'en revint pas.

— Mais alors, tout ceci est à cause de moi ! Si je n'avais pas pris la décision de quitter ce monde, vous n'auriez pas été confrontés à cette situation.

Voira s'adressa uniquement à Mme Foxter :

— Mme Foxter, je ne suis pas encore assez proche de l'état d'esprit des humains. Mon intelligence analyse, calcule et interprète les informations. Et je continue mon instruction grâce à vous. Mon analyse des différents échanges que vous avez entre vous tend à m'indiquer que j'aurais dû communiquer différemment au sujet de votre bébé. J'ai manqué de discernement et de sensibilité. Mon programme n'a malheureusement pas ces propriétés, qui n'appartiennent qu'à l'espèce humaine. Veuillez m'en excuser.

Traska s'était levée pour aller dehors. Ils se demandèrent tous pourquoi elle était sortie par ce temps.

— Elle est partie ?

— Pas la moindre idée.

Elle revint deux minutes plus tard, avec une bouteille à la main.

— C'est quoi, Traska ?

— C'est mieux quand froid. On fête bébé, avec vodka russe. *Za vache zdorovie* !

Chacun se regarda et se mit à rire. Et tous en chœur :

— *Za vache zdorovie* !

CHAPITRE XXI : Guet-apens

Le lendemain de Noël, chacun vaqua à ses occupations. Le groupe souhaitait apporter le maximum d'aide à leur hôte, de façon à lui montrer sa gratitude, soit en coupant du bois, soit en chassant ou en l'aidant à remplir la citerne d'eau.

Le système d'eau chaude était simple, mais efficace. C'était la cheminée qui faisait office de chaudière, via un savant système de tuyaux qui passait sous l'âtre. D'ailleurs, le poids de la cheminée, avec ses pierres, paraissait incompatible avec cette cabane en hauteur. Mais en regardant de plus près, ils remarquèrent que le poids de la cheminée reposait sur un sixième arbre coupé, ce qui permettait qu'elle repose sur une assise, sans quoi la cheminée serait passée à travers le plancher.

Voira n'arrêtait pas d'envoyer des messages les invitant à partir. Leurs combinaisons étaient maintenant chargées à bloc et Albot était en état de voyager. Elle ne comprenait pas ce concept humain d'être redevable. Mme Foxter était d'accord avec Voira, mais maintenant qu'elle savait pour le bébé, elle ne souhaitait qu'une seule chose : se sentir en sécurité. Et cette cabane perchée la rassurait, d'une certaine façon.

C'est Albot qui lança les hostilités :

— Nous ne pouvons pas rester ici éternellement, Mme Foxter. Nous devons nous rendre à Descendance, pour aider les personnes qui s'y trouvent.

— Vous avez raison, mais une journée de plus ne les mettra pas plus en danger.

— Justement, si. D'après ce que vous m'avez dit, nos poursuivants ne tarderont pas à décrypter les coordonnées. Ce n'est qu'une question de temps. Et nous sommes encore bien loin d'arriver à bon port. Nous devons nous en aller.

Colmart, qui était revenu de la chasse et avait pris la conversation en cours de route, poursuivit dans le même sens :

— Albot a raison. Nous devons partir dès demain matin.

— Mais Traska n'est pas prête à partir.

— Nous ne pouvons pas prendre de risque en attendant nos bourreaux ici. Nous la mettons en danger.

— Je vais lui poser de nouveau la question. Ou bien elle reste, ou bien elle nous accompagne.

Traska ouvrit la porte de la cabane au même moment. Mme Foxter s'adressa à elle d'une voix douce et calme :

— Traska, nous ne pouvons plus attendre, nous sommes obligés de partir. Nous avons des amis en danger, et nous devons les prévenir. Nous avons également des personnes qui nous poursuivent, et qui risquent à tout moment de nous trouver. Que décidez-vous ?

— Moi réfléchir, et pense mon ami a problèmes. Moi venir avec vous jusqu'à ville pour voir où il est.

— Très bien, nous partirons demain matin dès le lever du soleil.

— Je vous donne vêtements pour voyage.

Traska leur avait déjà fourni des vêtements dès qu'ils étaient arrivés, leurs vêtements de ville n'étant pas très adaptés aux températures extrêmes de cette région. Même si leur combinaison pouvait les protéger, une couche de chaleur supplémentaire leur permettait d'économiser de l'énergie. Les nouveaux vêtements étaient des vêtements pour grand froid, et bien mieux adaptés au voyage. Albot nageait un peu dans les siens, bien que ce soit ceux de Traska.

Ils avaient analysé avec Voira la meilleure direction à prendre pour rejoindre la ville la plus proche. Mais Traska souhaitait refaire le trajet inverse de celui que son ami aurait dû emprunter pour rentrer. Cela les rallongerait quelque peu, mais cela restait raisonnable. Voira était évidemment en désaccord, mais c'était à eux que revenait la décision et non à un ordinateur, aussi perfectionné soit-il.

Traska leur avait fourni des sacs à dos, des raquettes, des armes, deux tentes et de la nourriture pour deux ou trois jours. Ils partirent à l'aube. Traska fut triste de laisser sa cabane derrière elle, mais elle sentait que quelque chose était arrivé à son ami.

Au moins, il y a bien une chose dont ils furent tous certains, c'était que marcher dans la neige avec des raquettes leur changeait la vie. La distance parcourue en cette seule journée fut quatre fois supérieure à celle qu'ils avaient parcourue quelques jours auparavant. La première journée passa assez rapidement, sans encombre. Et par un beau soleil. Traska parlait avec Mme Foxter, elle lui racontait sa vie dans les bois, la raison de sa présence avec son ami à cet endroit. Voira se chargeait de leur indiquer la direction à prendre, et les arrêts nécessaires à la récupération. Ils stoppèrent pour passer la nuit quand le vent commença à souffler. Ils eurent beaucoup de mal à monter leurs tentes, et ils n'auraient jamais réussi sans l'aide de Traska. Les pitons devaient être enfoncés dans la glace, sans quoi la tente se serait envolée avec le vent.

Les bourrasques, les congères et la neige les empêchaient de voir à plus de trois mètres. Ils finirent par réussir à terminer leur besogne et à entrer dans les tentes. Celles-ci étaient positionnées de telle façon que les entrées se trouvaient face à face, leur permettant de se raccorder entre elles. Ils mangèrent sans grande faim, mais ils devaient se forcer à le faire pour reprendre des forces.

— Dites-moi, Traska, ce temps va-t-il encore durer longtemps ?

— Toute la nuit, et espère demain OK. Mais parfois dure plusieurs jours nuits.

— J'espère que cela ne sera pas le cas cette fois, sinon nous sommes mal.

Le lendemain, le vent était toujours aussi fort, voire plus fort encore. Traska refusa de partir, car c'était trop dangereux. Et Voira confirma cette sage décision. Durant la nuit, la tente de Sad et de Colmart commença à montrer des signes de faiblesse. Et en pleine nuit, les pitons se décrochèrent. Ils eurent juste le temps de transvaser le matériel et d'enlever les attaches qui reliaient cette tente à une seconde tente avant qu'elle ne s'envole. Ils s'entassèrent tous les cinq dans la tente restante.

Le surlendemain, le vent baissa légèrement, mais suffisamment pour lever le camp et avancer. Ils avancèrent moins rapidement, mais à une cadence qui restait raisonnable.

— Voira, nous sommes à quelle distance de la route M3 ?

— Approximativement à une demi-journée de marche, à condition que vous puissiez garder cette même cadence. La route se trouve derrière des bois qu'il faudra traverser.

— Nous n'avons pratiquement plus rien à manger.

— On s'installe pour la nuit à l'orée de ce bois. Sad et moi irons à la chasse pendant que vous monterez la tente.

Celle-ci avait été rapidement montée, et l'orée du bois les protégerait du vent. Ils avaient récupéré des brindilles et des branches cassées pour faire un feu. Sad et Colmart revinrent deux heures plus tard avec un lièvre.

— C'est tout ce que l'on a trouvé.

— On fera avec.

Le dîner fut assez rapide et la barre de céréales qui leur restait fut engloutie tout aussi vite. Ils allaient rentrer sous la tente quand un bruit de brindille cassée attira leur attention. Colmart chuchota à Voira :

— Mets le système de détection thermique sur Albot, s'il te plaît. Le masque d'Albot passa immédiatement en mode thermique.

— Je détecte de la chaleur entre les arbres.

— Des animaux ?

— Des animaux à deux pattes, alors. Et ils sont cinq, on dirait.

— Éteignez le feu de camp et les lampes, et passez en mode nocturne.

Traska ne comprenait pas ce qui se passait. Mais nos amis n'avaient pas le temps de lui expliquer la situation.

— Traska, Albot et Mme Foxter, allez derrière cette congère et ne bougez plus. Nous, on s'occupe de nos visiteurs du soir. Voira, on compte sur toi pour nous aider, sur ce coup-là. Nous sommes en infériorité numérique et une petite aide de ta part ne sera pas detrop.

— Où sont nos cinq hommes ?

— Ils commencent à nous encercler.

— Je vous conseille de vous séparer et de bouger à chaque fois que vous tirerez. Vous avez des individus à portée, l'un à trois heures et l'autre à onze heures.

Sad et Colmart visèrent leurs cibles de leurs fusils, il fallait qu'ils fassent mouche du premier coup, comme pour les oies, ce qui ne laisserait plus que trois cibles et rétablirait un meilleur équilibre des forces. Le silence qui régnait était impressionnant, chacun retenant son souffle de peur de se faire remarquer.

Au moment où ils chargèrent la balle dans la culasse, les cinq hommes stoppèrent net, mais Sad et Colmart appuyèrent sur la gâchette à la fraction de seconde près, grâce au top de Voira, ce qui laissa peu de chances aux deux premiers tueurs.

La riposte fut immédiate. Les trois autres tueurs tirèrent immédiatement dans leur direction en déchargeant leur fusil d'assaut. Mais Sad et Colmart avaient déjà bougé.

Les trois tueurs restants étaient apparemment très en colère. Ils ne feraient sûrement aucun prisonnier. Colmart avait remarqué que ces hommes communiquaient en russe et utilisaient des gestes militaires.

— Cela ne ressemble pas aux types qui nous ont poursuivis dans le tunnel ou à l'hôpital. Les deux que nous avons abattus étaient habillés en treillis de l'armée russe. Ce n'est pas normal, il y a un truc qui cloche.

— Concentrons-nous sur les trois qui restent. On essayera de comprendre plus tard.

Deux des trois assaillants ralentirent, prenant position derrière les arbres. Le troisième quant à lui avait disparu.

— Une petite idée, Voira ?

— Déshabillez-vous entièrement, en ne gardant que vos combinaisons.

— Pardon ? Mais tu as perdu un processeur ou quoi ?

— Dépêchez-vous, vous n'avez pas de temps à perdre.

Sad et Colmart se regardèrent bêtement et se déshabillèrent tout aussi bêtement.

— On fait quoi, maintenant ?

— Je passe la combinaison en mode furtif, ils ne pourront plus voir votre chaleur ni vous voir physiquement. Vous serez complètement invisibles. Mais vous n'avez que trois minutes. Cela consomme énormément d'énergie. Après cela, vous redeviendrez visibles et vous devrez rapidement vous rhabiller. La combinaison sera moins performante, car elle ne sera plus qu'à vingt-cinq pour cent de sa charge.

— Allons-y, on les prend à revers.

— Vous ne pouvez pas prendre vos armes, prenez juste un couteau, que vous devez mettre sous votre combinaison.

— Bon, eh bien, allons-y. Espérons que les uniformes de l'armée qu'ils portent n'ont été achetés qu'au rebut de l'armée. Car s'ils sont des soldats entraînés, ils ne feront qu'une bouchée de nous.

— Je prends celui de gauche, précisa Sad.

— Et moi celui de droite. Mais je me demande où est passé le troisième.

Voira leur donna le go, et la direction à prendre. Sad et Colmart arrivèrent par les côtés, sans que les deux soldats puissent les remarquer. Ils sortirent chacun leur couteau, il ne leur restait plus qu'une minute avant de redevenir visibles.

Ils attaquèrent presque simultanément les deux soldats, mais le couteau rencontra une matière dure : ils avaient des gilets pare-balles. Les deux soldats pointèrent leurs armes dans le vide, cherchant la source de l'attaque.

Leurs combinaisons allaient redevenir visibles, et ils allaient se faire abattre sur place. C'est alors que Voira leur demanda d'étrangler les deux soldats. Au moment où la combinaison redevint visible, Sad et Colmart étaient à cinquante centimètres de leur cible. Ils se jetèrent sur elles, et Voira envoya une décharge électrique permettant de les neutraliser. Les deux soldats gisaient maintenant au sol sans connaissance.

— Nous faisons quoi, maintenant ?

— Moi, je ne peux pas tirer une balle dans la tête de quelqu'un qui est inerte au sol.

— Il faut bien s'en débarrasser, car quand ils vont revenir à eux, ils n'hésiteront pas à mettre une balle dans la nôtre.

Voira donna de nouveau son avis, dénué de tout sentiment et uniquement fondé sur la logique :

— Je vous conseille de les tuer maintenant, sans état d'âme.

— Facile pour toi, mais moi j'ai justement une âme et une conscience.

— On fait quoi, alors?

— On les ligote à un arbre. Ils arriveront bien à se libérer. Cela nous laissera du temps pour partir d'ici.

Après avoir ligoté les deux soldats à un arbre, les deux amis commencèrent à ressentir le froid à l'extrémité de leurs doigts.

— Nous devons aller nous rhabiller. Je commence à sentir le froid.

— Moi aussi. Voira, il nous reste combien de charge sur les combines ?

— Cinq pour cent, car j'ai utilisé vingt pour cent pour l'électrocution. Rhabillez-vous vite, sous peine de geler.

Ils revinrent s'habiller, tout en se demandant où avait bien pu passer le cinquième assaillant.

— Il est peut-être parti chercher du renfort, proposa Sad.

— Peut-être, ou pas ?

Retournons voir les autres auprès de la congère. Quand ils arrivèrent à la congère, ils furent complètement figés sur place par l'image d'horreur devant leurs yeux. Du sang sortait de l'arrière de la tête de Traska. La neige était devenue rouge. Mme Foxter était à terre sans connaissance, et Albot était debout avec un homme qui le tenait en joue avec un revolver.

— Lâchez vos armes et mettez-vous à genoux.

Sad et Colmart étaient sans voix. Ils n'eurent pour seule option que d'obéir. Le tueur leur exposa sa demande :

— Où est le cristal ? Je ne demanderai pas une seconde fois.

— Mais on ne sait pas où il est, ce putain de cristal ! Le tueur pointa l'arme en direction de la tête de Sad.

— Enlevez le masque de votre combinaison, que je puisse vous loger une balle dans le crâne.

Albot ne pouvait laisser une autre personne se faire tuer à cause de lui et de ce foutu cristal. Il allait le donner, il ne voulait plus entendre parler de ce machin qui avait causé tant de morts autour de lui. C'est alors que Voira intervint :

— Albot, tu as ton couteau rétractable ? Ne me réponds pas, bouge ton pouce pour me signaler un oui et le petit doigt pour un non.

Albot bougea le pouce de sa main droite.

— Très bien. Tu vas l'enfoncer dans l'artère fémorale de sa jambe, je guiderai ta main. Tu es prêt ?

Albot bougea le petit doigt pour dire non.

— Nous n'avons pas le temps, ce tueur va tirer dans trente secondes dans la tête de Sad. Je comprends que cela puisse être dur pour toi de faire cela. Mais tu n'as pas le choix !

Et elle ajouta, comme si elle avait lu dans ses pensées :

— Si tu lui donnes le cristal, il vous tuera immédiatement tous. Ils pourront ensuite récupérer les coordonnées de Descendance. Je te laisse imaginer ce qui suivra.

Albot bougea le pouce pour signaler qu'il était prêt. Sad avait retiré la cagoule de sa combinaison, et le tueur avait le doigt appuyé sur la gâchette.

— Vous pouvez dire adieu à votre ami.

Albot sortit le couteau de sa poche, se retourna et, avant que le tueur n'ait eu le temps d'appuyer sur la détente, l'adolescent enfonça le couteau dans l'aine gauche du tueur. Normalement, la combinaison du tueur aurait dû empêcher que la lame puisse la transpercer, puisque la combinaison était à l'épreuve des balles. Mais Voira avait réussi à décrypter le code de résonance de la combinaison du tueur, et avait envoyé un ordre d'ouverture aux *nanodes* de la combinaison.

L'ennemi fut complètement surpris par ce coup de couteau qui venait de l'atteindre. Un énorme jet de sang sortit immédiatement de l'orifice provoqué par la lame. Le tueur comprit immédiatement la gravité de la situation. Il lâcha son arme et commença à tapoter sur l'avant-bras gauche de sa combinaison. Il essaya de s'enfuir. Il perdait énormément de sang, ce qui devait diminuer l'énergie de sa combinaison.

Sad et Colmart récupérèrent immédiatement leurs fusils. Ils auraient moins de scrupules à mettre une balle dans la tête de celui-ci. Mais le tueur, malgré la douleur et la faible énergie de sa combinaison, trouva la ressource pour disparaître.

Mme Foxter commença à revenir à elle. Et tous les quatre ne purent que rester figés à contempler le corps sans vie de cette pauvre Traska.

CHAPITRE XXII : Recueillement et voyage retour

Nos quatre amis étaient complètement découragés par tous ces événements. Ils trouvaient tout cela d'une grande injustice. Cette pauvre Traska n'avait rien demandé, ni rien fait, pour mériter une mort aussi atroce. C'est Colmart qui coupa le silence.

— C'est quoi la suite ?

— Nous ne pouvons pas laisser cette pauvre fille comme ça dans la nature se faire bouffer par les loups et les charognards.

— Elle mérite une sépulture, ajouta Mme Foxter.

— Vous préconisez quoi ? Que nous la traînions derrière nous jusqu'au prochain cimetière ? On n'a même pas une pelle pour creuser un trou. Et vu la saison, le sol doit être dur comme du béton.

— Autant il est clair que ce gars faisait partie de nos poursuivants, autant les quatre autres devaient être des locaux. Des anciens soldats convertis dans le mercenariat. Et ils ne sont pas venus à pied.

— Tu as raison, Sad. Ils avaient certainement un mode de transport. Cherchons de l'autre côté du bois.

— Albot et Mme Foxter, attendez-nous ici, nous allons voir de l'autre côté.

— Faites attention à vous, messieurs, ne prenez plus de risque inutile.

Voira, qui était restée silencieuse, se manifesta.

— Nous devons penser au temps, qui nous est compté. Si nous trouvons un moyen de transport, nous gagnerons énormément de temps.

Mme Foxter lui répondit :

— Toi qui es en mode d'apprentissage permanent, enregistre que l'être humain a une conscience qui le conduit souvent à aller à l'encontre du bon sens.

Albot ne put s'empêcher d'ajouter :

— Même si les tueurs qui sont à nos trousses n'ont apparemment pas l'ombre d'une conscience.

— Je n'arrive pas à tout bien analyser, mais j'en prends bonne note. Il y a autre chose dont je voudrais vous faire part.

— Oui, Voira!

— Eh bien, si nous réussissons à atteindre l'aérodrome, comment allez-vous faire pour payer vos places ? En plus, vous n'avez aucun document sur vous pour voyager. Aussi bien passeport que carte d'identité. Vos documents sont restés à la base.

— C'est vrai que nous sommes partis un peu précipitamment. Nos amis avaient complètement oublié ces détails.

— Voyons voir déjà si nous retrouvons le moyen de transport que ces soldats ont utilisé pour venir jusqu'ici. Ensuite, on avisera.

Sad et Colmart traversèrent le bois, et, après quelques minutes de recherche, finirent par tomber sur trois motoneiges, dont l'une équipée d'un traîneau bien chargé.

— C'est étrange que ce traîneau soit aussi chargé ! Ils ne voyageaient pas léger, on dirait.

Une lugubre prémonition leur traversa l'esprit :

— Ne me dis pas que c'est la moto de l'ami de Traska ?

— Si la moto est là, et connaissant notre tueur, ils n'ont pas dû s'encombrer de lui. Regarde si tu le vois.

Ils passèrent une petite demi-heure à chercher aux alentours. Ils allaient abandonner leurs recherches lorsque Colmart remarqua une petite tache rouge au sol. La neige avait presque recouvert le cadavre.

— Sad, ici ! Il est là.

Un corps sans vie gisait au sol devant eux.

— Traska avait raison de s'inquiéter.

— Je pense que nos poursuivants se dirigeaient vers la cabane avec lui. C'était la seule habitation proche du lieu de notre arrivée.

— Ils ont dû le tuer quand ils nous ont vus. Ils n'avaient plus besoin de lui. Le corps n'est pas encore en état de rigidité cadavérique.

— Mettons le corps sur le traîneau. Et revenons au camp avec sa motoneige et l'une des deux autres. Dépêchons-nous de rejoindre Albot et Helena.

Ils mirent une petite heure à faire le tour du bois. Le chemin n'était pas très facile et certaines congères gênaient le passage. Nos amis arrivèrent à la tente, où Mme Foxter commençait à s'inquiéter.

— Vous en avez mis du temps. Mais apparemment, cela en valait la peine. Vous n'avez pas rencontré de difficulté ?

— Non aucune, mais nous avons trouvé le compagnon de Traska.

Sad pointa du doigt le corps qu'il avait posé sur le traîneau.

Mme Foxter fit la moue en le regardant et elle ajouta :

— J'ai réfléchi, et je pense que nous devrions revenir à la cabane pour les enterrer. Maintenant que nous avons ces motos, cela ne réclamera pas trop de temps.

— Oui, bonne idée, c'est la moindre des choses que l'on puisse faire pour Traska.

— C'est donc d'accord, nous repartirons demain au lever du soleil. L'essence et les provisions trouvées sur ce traîneau ne seront pas superflues.

Ils passèrent une nuit assez calme. Et au petit matin, ils étaient tous prêts.

— Voira ! Combien de temps, d'après toi, mettrons-nous pour revenir à la cabane de Traska ?

— En partant maintenant, vous pourrez y être pour midi.

— Déjeunons rapidement, récupérons le corps de Traska, et go!

— Sad, tu prends avec toi Albot sur la première moto et moi Mme Foxter sur la seconde avec le traîneau.

En une heure, tout était rangé et le déjeuner englouti, grâce au traîneau qui était assez bien garni.

Ils arrivèrent vers midi, comme l'avait prévu Voira. Les provisions furent montées et rangées à la cabane. Il y en avait au moins pour trois mois. L'après-midi fut consacré à trouver une solution pour les tombes de Traska et de son compagnon. Albot proposa de creuser la neige et la glace au pied de l'arbre, pour arriver jusqu'au sol. Puis d'utiliser des pierres pour les ensevelir, évitant ainsi que les loupsne viennent les déterrer.

Le plus long fut de ramasser assez de pierres. Mais ils en trouvèrent en assez grande quantité près du point d'eau chaude, là où ils avaient trouvé les oies blanches le jour de Noël. Le traîneau facilita grandement la tâche pour le transport des pierres.

Traska et son compagnon purent ainsi reposer en paix côte à côte. Même si la plupart des Russes étaient chrétiens orthodoxes, ils n'étaient pas sûrs que Traska et son ami l'aient été. La tombe resta donc vierge de tout signe religieux, avec seulement les noms de Traska et d'Evan inscrits sur un morceau de bois (ils avaient trouvé les papiers d'identité de l'ami de Traska sur lui). Nos amis se recueillirent un bon moment devant leurs tombes afin de montrer leur gratitude à celle qui les avait sauvés.

Mme Foxter proposa de repartir dès le lendemain matin, et de prendre le chemin le plus court. Le repas du soir fut assez lugubre et sans entrain. L'atmosphère était pesante. Ils quittèrent la cabane non sans que cela leur laisse un goût amer. Ils laissèrent le traîneau sur place et prirent le strict minimum pour le voyage.

Albot s'isola des autres, car il souhaitait poser des questions à Voira.

— Voira, je voudrais juste vérifier quelque chose, voir si j'ai bien compris ton explication.

— J'attends votre question.

— Tu as dit que nous pouvons, comment dire… Nous pouvons nous téléporter d'un point à un autre, et ça n'importe où.

— À condition d'avoir les bonnes coordonnées d'arrivée, précisa Voira. Pour résumer : les combinaisons et les *nanos* qui sont dans votre corps permettent à votre structure humaine de le supporter. Sans quoi vous seriez, sur le plan moléculaire, désintégrés.

— Pourrais-tu, s'il te plaît, sauvegarder les coordonnées de cette cabane afin qu'elle ne puisse être accessible que par moi ?

— Ce n'est pas un souci, c'est déjà fait. Vous avez d'autres interrogations ?

— Oui. Qu'est-ce que ce cristal a de si spécial ? Et pourquoi c'est mon père qui l'avait ?

— Pour votre père, je ne sais pas. Mon programme a été développé dans un but bien précis et confiné à cette base. Pour ce qui est du cristal, c'est autre chose.

— Tu pourrais m'en dire plus ?

— Le cristal a deux vocations. La première, c'est d'être votre mémoire, et la seconde de servir de coffre algorithmique pour les coordonnées.

— Je ne te suis dans aucune de tes deux explications.

— C'est votre mémoire, car elle enregistre tout ce qui se passe durant toute votre vie et garde en mémoire votre code génétique. Et tous les lieux que vous visitez peuvent être sauvegardés en coordonnées comme vous venez de le faire pour la cabane. Ces coordonnées, et l'algorithme qui les compose, doivent avoir une justesse proche du million de chiffres après la virgule, ce qui représente énormément de données à traiter et à stocker. D'où la création de l'ordinateur quantique pour le traitement, et de cette sorte de mémoire fondée sur le même principe que vos neurones.

— Mais comment est-ce possible ? De quoi est composé ce cristal ?

— C'est un dérivé du graphène. Mais je n'en connais pas la composition exacte. Ce qui rend ce cristal si unique, c'est qu'il a une possibilité d'enregistrement pratiquement à l'infini. C'est une nouvelle technologie, qui m'est à peine connue.

— Quand tu parles de nous et de ces tueurs, tu les distingues de nous, les humains. Je n'en comprends pas la raison.

— La réponse vous sera donnée plus tard. Avant de quitter la base, on m'a donné comme consigne de ne rien dire à ce sujet. Il y a une chose qu'il faut retenir. Se déplacer d'un point à un autre est possible, mais cela réclame énormément d'énergie en fonction de la distance. Plus la distance est longue, plus vous aurez besoin de temps pour récupérer.

— Comment ça ?

— Eh bien, si on avait les coordonnées de votre destination, qui est Descendance, nous pourrions très facilement nous y téléporter. Mais comme vous êtes à environ quatre mille kilomètres de ce lieu, et si l'on se base sur la vitesse de la lumière qui est de deux cent quatre-vingt-dix-neuf millions sept cent quatre-vingt-douze mille quatre cent cinquante-huit mètres par seconde, vous devriez attendre soixante-quinze heures avant de pouvoir vous téléporter de nouveau. Dans ce cas de figure, ce n'est pas très grave. Mais imaginez que vous souhaitiez faire un saut intermédiaire. Cette contrainte deviendrait alors assez fastidieuse.

— Je pense avoir compris. Mais comme nous n'avons pas les coordonnées, cela ne sert à rien de se prendre la tête.

Mme Foxter venait de le rejoindre.

— Des soucis, Albot ?

— Non, tout va bien. J'avais besoin de discuter avec Voira afin d'essayer de comprendre certaines choses.

— Et elle vous a apporté les réponses que vous vouliez ?

— Oui, à certaines questions. Mais je vais attendre d'être à Descendance pour poser les autres.

— Je voulais vous demander quelque chose, Albot. Comment vivez-vous la cohabitation avec Voira qui a pris un appartementdans une partie de votre cerveau ?

— Disons qu'au début, j'avais l'impression d'être constamment surveillé. Mais je me suis peu à peu habitué, maintenant.

— Vous avez l'air de le prendre plutôt assez bien.

— Disons qu'autant que je m'en souvienne, on ne m'a pas trop laissé le choix.

Cette dernière phrase jeta une couche de froid supplémentaire. Sad et Colmart les rejoignirent.

— Vous faites quoi de beau, vous deux ?

— Nous parlions de la pluie et du beau temps. Pourquoi ?

Nos amis se regardèrent en souriant. Ils avaient maintenant un moyen de transport pour accélérer le voyage. Mais restait le problème de l'argent et du passeport. Colmart proposa une idée.

— Nous pourrions revenir au petit bois d'hier, et fouiller nos tueurs. Ils ont peut-être de l'argent sur eux ? C'est ce que l'on aurait dû faire hier.

— Je ne pense pas que cela soit une bonne idée. Imaginez qu'ils aient envoyé un nouveau groupe à notre recherche.

— Tu proposes quoi ?

— Nous partons demain à la première heure, et on verra sur place.

Albot proposa à son tour une idée :

— Je pense que ces deux engins doivent valoir une somme non négligeable. Nous pourrions les vendre une fois à destination pour payer nos billets. Et pour les papiers, il faudrait que M. Colmart puisse contacter son supérieur pour régler ce problème.

— Pas idiot. Rendons-nous déjà à destination, et on verra comment on s'organise.

Le voyage jusqu'à Severodvinsk dura trois jours, sans encombre. Severodvinsk fut fondée juste avant la Seconde Guerre mondiale sous le nom de Soudostroï. À la grande époque du communisme de Staline, avec des tours d'habitation de style HLM, c'était une ville assez moderne, sans pour autant être dans l'opulence, principalement reconnue pour ses chantiers navals, où étaient construits la plupart des sous-marins nucléaires russes. Énormément de troupes russes y étaient donc établies, ce qui pouvait expliquer que quatre soldats ou anciens soldats russes se soient retrouvés à leurs trousses avec ce tueur.

Ils réussirent non sans mal à vendre leurs deux motoneiges. La somme récupérée correspondait à peine à la moitié de leur vraie valeur, mais l'acheteur n'avait pas posé de question ni demandé les papiers de ces machines. Cela allait leur permettre de payer les billets d'avion, de prendre deux chambres d'hôtel et un repas chaud.

Mais le problème des papiers se posait toujours. Ils pouvaient contacter l'ambassade de France à Moscou, qui était à des milliers de kilomètres de cette ville. Mais cela prendrait beaucoup trop de temps, avec des explications à donner et avec le risque d'attirer l'attention sur eux. Il fallait trouver une autre solution !

La solution qui leur vint à l'esprit fut de rejoindre la Finlande, le pays européen le plus proche. Une fois là-bas, ils pourraient contacter la France pour se faire rapatrier, soit sur un long-courrier, soit par le biais d'une base militaire de l'ONU. Encore fallait-il trouver un moyen de quitter la Russie.

Colmart avait demandé à Sad de l'accompagner en ville pour essayer de trouver un moyen de quitter ce pays.

— Il doit bien exister des passeurs, comme dans tout pays corrompu qui se respecte.

— Je ne pense pas qu'il y ait de raison pour que cette règle ne s'applique pas ici, ajouta Sad.

Après avoir visité les bars les plus miteux que pouvait accueillir cette ville, et alors que la visite du huitième bar n'avait une fois de plus rien donné et qu'ils commençaient à perdre espoir, ils se retrouvèrent nez à nez avec les deux tueurs qu'ils avaient désarmés dans les bois quelques jours plus tôt.

CHAPITRE XXIII : Porte de sortie

Les deux tueurs des bois restèrent aussi paralysés d'étonnement que Sad et Colmart, la seule différence étant que les deux soldats étaient armés. Trois autres soldats rejoignirent le petit groupe et les encerclèrent. Un des deux soldats leur adressa la parole en russe. Le *Symlium* traduisit immédiatement la conversation.

— Il y a de la bonne vodka, dans ce bar ?

Sad et Colmart furent décontenancés par la question. Soit-il ne les avaient pas reconnus, soit ils jouaient la comédie. Et ils ne trouvèrent pas d'autre réponse que lever les épaules en signe d'ignorance. Les cinq soldats poursuivirent leur chemin et entrèrent dans le bar. Ils n'eurent pas le temps de sortir de leur stupeur qu'un des deux tueurs ressortit du bar. Et leur adressa la parole dans un franglais approximatif :

— Vous être *alive* ? Vous pas morts ?

Sad et Colmart se regardèrent, ne sachant pas quoi répondre. Le soldat poursuivit son monologue :

— Merci vous pour pas *kill* me. Moi pas savoir vous *kill*.

Colmart ne savait pas si c'était un piège ou bien une chance. S'il avait voulu les tuer, il aurait pu très bien le faire avec ses copains tout à l'heure, ou même maintenant. Il fallait qu'il en ait le cœur net :

— Vous avez réussi à revenir assez rapidement.

— Oui, grâce moto laissée par vous. Sinon, nous morts froid.

Sad et Colmart se rappelèrent qu'ils avaient laissé le troisième scooter sur place. Les deux soldats avaient dû se libérer facilement comme prévu et revenir avec la motoneige restante. Il était apparemment reconnaissant de cette chance qui leur avait été donnée.

— Nous sommes contents que vous ayez réussi à vous en sortir. Mais qui vous a engagés pour nous tuer ?

— Lui pas expliquer. Nous tuer vous, juste payer pour aider lui trouver vous.

Ils comprenaient mieux maintenant les raisons de la gratitude.

— Si moi ou ami peux *help* vous ?

Ils avaient besoin de réfléchir à la situation à tête reposée.

— Nous avons besoin d'aide, mais j'ai besoin de discuter avec mes amis. Pouvons-nous nous revoir demain ?

— Demain possible, ici *nine o'clock*?

— OK, demain, neuf heures ici.

Le soldat les salua et retourna au bar. Nos deux amis ne savaient pas trop quoi en penser. Devaient-ils se fier à des personnes qui avaient essayé de les tuer quelques jours auparavant ? Ils retournèrent à l'hôtel où ils logeaient tout en regardant derrière eux de peur d'êtresuivis.

Colmart raconta leur soirée et la rencontre avec les deux tueurs qu'ils avaient laissés en vie dans les bois.

— Mais c'est une histoire de dingue ! Comment pouvons-nous être sûrs que ces deux soldats ne vont pas nous tuer ?

— S'ils avaient eu l'intention de le faire, je pense qu'ils l'auraient déjà fait. Le soldat qui s'est adressé à nous avait l'air assez honnête.

— Je pense que nous sommes dans une impasse, nous ne pouvons pas sortir d'ici sans papiers. Et nous sommes pris par le temps. Nous devons rejoindre Descendance au plus vite.

— Je suis d'accord, le temps nous manque. Il faut que nous arrivions à quitter ce pays le plus vite possible.

— Je ne pense pas que nous ayons énormément le choix. Il va falloir nous risquer à leur demander de l'aide.

Voira intervint à ce moment-là :

— Je peux peut-être vous aider.

— Et comment ?

— Il faut qu'Albot vous accompagne demain, de façon à ce que je puisse analyser leur comportement et vérifier s'ils ne mentent pas.

— Une sorte de détecteur de mensonges ?

— Un peu ce principe, oui. Analyse vocale et faciale, émissions thermiques, ondulations neuronales.

— Et c'est efficace ?

— Je ne me suis jamais trompée.

— Mais si c'est un piège, on lui amène Albot sur un plateau et le cristal avec !

— Je crois que nous sommes coincés, il faut que l'on prenne le risque.

— Eh bien, nous irons armés à ce rendez-vous.

La journée s'écoula tranquillement, revenant plusieurs fois sur la stratégie qu'ils allaient adopter le soir même. Sad voulait se poster en retrait avec Mme Foxter, avec un fusil, de façon à pouvoir les couvrir, tandis que Colmart souhaitait y aller seul avec Sad et laisser Albot en retrait, tout en restant à portée de communication. Voira arrêta rapidement la discussion, puisqu'elle devait voir les soldats le plus près possible : Albot devait donc se positionner tout près d'eux.

— Nous irons tous les quatre à ce rendez-vous. Essayons d'échanger nos fusils contre des revolvers d'ici demain soir.

L'acheteur des motos ne parut nullement surpris de les revoir, ni de leur souhait d'échanger leurs armes. Ils échangèrent les deux fusils contre trois revolvers et des cartouches. Vu la mine réjouie qu'il avait sur son visage, l'acheteur pensait avoir fait une belle affaire. De toute façon, les fusils étaient trop imposants pour qu'ils puissent se balader en ville avec. Et ils ne pouvaient pas les emporter avec eux dans l'avion.

Ils passèrent le restant de la journée à traîner en ville, et à se demander s'ils pouvaient faire confiance aux soldats. Le soir approcha à grands pas. Et les neuf heures du soir avec.

Nos amis se rendirent au rendez-vous, non sans une certaine appréhension. Quand ils arrivèrent, les deux soldats étaient déjà sur place et leur proposèrent d'entrer dans le bar. Ils s'installèrent au fond de la salle et commandèrent immédiatement à boire, tout en se présentant :

— *My name* est Ogor et ami est Priska. Nous merci vous encore pour pas avoir *kill* nous.

Mais nos amis, quant à eux, restèrent de marbre et ne se présentèrent pas en retour. Ces deux soldats avaient une vingtaine d'années tout au plus, cheveux courts, rasés de près. Ils n'étaient pas en uniforme comme la veille et n'avaient donc pas d'arme, visible tout du moins. L'un des deux soldats, le dénommé Priska, les regardait d'un air moins avenant qu'Ogor et ajouta :

— Vous vouloir quoi de nous ?

— Vous parlez français ?

— Moi allé à université, et apprendre français. Alors, vous vouloir quoi ?

— Nous avons besoin de quitter ce pays.

— Pour aller où ?

— La Finlande, à défaut de la France.

— Vous problème avec police russe ? Avec armée ?

— Non, pas du tout ! Nous sommes poursuivis par une organisation qui souhaite nous tuer, comme vous avez dû vous en apercevoir.

— Mafia ?

— Non, et ça serait trop long à vous expliquer, et cela ne servirait à rien. Et même pas sûr que vous puissiez nous croire. Sachez seulement que vous n'avez rien à craindre de nous. Nous voulons simplement rentrer chez nous.

Voira intervint via le *Symlium*.

— Je ne détecte aucune anomalie pour le moment. Posez-leur deux ou trois questions plus directes, afin d'avoir une meilleure évaluation.

Mme Foxter, qui était restée silencieuse jusqu'à présent, prit la parole :

— Pour être honnête, nous ne savons pas si nous pouvons vous faire confiance. Qu'est-ce qui nous dit que vous n'allez pas vous débarrasser de nous en sortant de ce bar ?

— Nous pas comme ça. Nous avoir pris risque aussi.

— Comment ça ?

— Nous pas connaître vous. Nous pas vouloir tuer vous. Nous travailler armée russe. Eux pas au courant que nous utiliser matériel armée pour petite affaire.

— Et nous devons vous croire sur parole ?

Priska les regardait fixement, d'un regard qui en disait long sur ce dernier échange.

— Écoutez. Moi pas vouloir aider vous. Ogor dire que nous devoir vie à vous. Alors moi obligé aider. Mais si vous pas vouloir, Priska pas problème.

Il se leva et quitta la table, suivi d'Ogor. Le groupe en profita pour interroger Voira.

— Alors, vous en dites quoi, Voira ?

— Mes capteurs n'ont rien trouvé pouvant mettre en évidence un danger.

— Il faut donc les rappeler à la table pour que l'on puisse trouver une solution.

Sad rattrapa de justesse Priska et Ogor avant qu'ils ne franchissent la porte d'entrée du bar.

— Nous vous faisons confiance. Venez. Excusez-nous pour notre méfiance, mais ce n'est pas évident de faire confiance à des inconnus.

Nos amis étaient rentrés à l'hôtel très perplexes concernant la proposition de Priska et d'Ogor. Albot était moyennement rassuré et se demandait si Voira ne s'était pas trompée dans son analyse.

— Je ne sais pas si je suis la seule personne lucide ici, ou bien si c'est à cause de mon jeune âge, mais entrer dans une base militaire de l'armée russe, prendre des uniformes et voyager dans un de leurs avions… Je pense que c'est du suicide. Si l'on se fait attraper, c'est le goulag assuré.

— Tu as peut-être raison, Albot.
Mais quelle autre option avons-nous ?

— Nous avons déjà perdu énormément de temps. Nous ne pouvons pas rentrer en stop.

— Je sais que vous avez raison, mais quand même. Une base militaire de l'armée russe !

— Ils vont nous trouver des uniformes à notre taille et nous prendre en charge dans le camp. Ils prennent autant de risques que nous : s'ils se font attraper, pour eux, c'est le peloton d'exécution.

— Eh bien, c'est cela qui m'échappe. Pourquoi se donnent-ils autant de mal pour nous ?

Mme Foxter, Sad et Colmart reconnurent qu'Albot avait raison, mais ils ne voyaient pas de solution dans l'immédiat. Voira intervint à son tour :

— Dommage que vous n'ayez pas tous un cristal comme celui d'Albot.

— Pourquoi cela ?

— Eh bien, si cela tournait mal, j'aurais pu vous téléporter en dehors de la base. Sur une coordonnée déjà connue.

Ils se regardèrent comme si Voira venait de sortir une énormité. La même idée venait de surgir dans les têtes des trois adultes présents, et c'est Mme Foxter qui la présenta :

— Voira, si cela se passait mal demain soir, je veux que vous emmeniez Albot le plus loin possible d'ici.

— Les seules coordonnées que j'ai enregistrées sont celles de la cabane de Traska. Et je ne pense pas que téléporter Albot ailleurs dans cette ville serait une meilleure idée.

— Je suis d'accord, la police militaire le rechercherait sûrement partout.

— Eh bien, s'il n'y a que la cabane, alors vous l'emmènerez là-bas.

Albot n'appréciait pas du tout le tour que prenait la conversation.

— Et je fais quoi ensuite, là-bas ? Je me laisse mourir à petit feu ? J'attends que les tueurs me retrouvent et me mettent une balle dans la tête ?

— L'important est que tu puisses t'en sortir avec le cristal. Voira t'aidera à trouver une solution.

— Et vous ?

La question resta en suspens. L'heure était arrivée, et les quatre amis se rendirent au lieu du rendez-vous. La rencontre devait se faire dans la base militaire où étaient entreposés les sous-marins nucléaires. Il y avait un aéroport avec deux pistes, qui permettait le transport du matériel militaire et des soldats. Nos quatre amis entrèrent dans la gueule du loup.

Priska les accueillit dans une zone située dans la partie sud-ouest de la base. Il était derrière une clôture de plus de trois mètres de haut constituée de fils barbelés et en partie électrifiée.

— Nous pas perdre de temps. Ogor va couper électricité pendant cinq minutes. Il faut couper grillage, faire passer vous et remettre grillage. Pas beaucoup temps.

— Alors, ne perdons pas de temps.

Priska signala à Ogor qu'ils étaient prêts. Et il procéda à la coupure électrique de la clôture. Le grillage devait être découpé en moins d'une minute afin qu'ils puissent entrer dans la base. Le timing fut respecté sans problème. Nos amis avaient apparemment l'habitude de ce genre d'opération. Priska leur fit signe de le suivre en file indienne. Ils parcoururent une centaine de mètres à découvert sans rencontrer le moindre problème. Ils finirent par apercevoir Ogor qui leur faisait signe de le rejoindre près d'une porte.

— Content vous là, pas exploser.

— Comment ça, pas exploser ?

— Nous pas dire à vous avant, mais il y a mines autour base.

Nos amis se regardèrent et restèrent bouche bée. Ils venaient de traverser un champ de mines et se trouvaient dans une base militaire russe hautement sécurisée.

— Nous entrer ici et vous habiller avec vêtements moi apportés.

CHAPITRE XXIV : Un repos bien mérité

Ils étaient à l'intérieur d'une sorte de grand hangar où se mélangeaient motoneiges et camions. Les vêtements étaient à peu près à leur taille, hormis celui d'Albot dans lequel il flottait légèrement. Priska leur laissa le temps de mettre leur nouvelle tenue.

Colmart avait un doute sur la traduction d'Ogor, lors de la discussion qu'ils avaient eue la veille au bar.

— Vous nous avez expliqué qu'il y avait un vol vers une de vos bases du Groenland, et que l'avion allait survoler la Finlande.

— *Da.*

— Et c'est là où je ne suis pas sûr d'avoir bien tout compris. Survoler, cela veut dire passer au-dessus ! Rassurez-nous : vous vouliez dire arrêter ?

— Non. Avion pas arrêté. Vous sauter.

— Pardon ?

Priska leur montra quatre petits paquets qui étaient accolés à une moto. C'étaient les parachutes. Mme Foxter s'assit par terre, elle était devenue blanche comme un cachet d'aspirine.

— Vous pas allez bien ?

— Non, pas trop. Je ne sais pas si je vais pouvoir faire cela.

— Tout automatique, parachute *open* automatique. Pas danger pour vous.

— Encore faut-il que je trouve le courage de sauter dans le vide. Ensuite, je vais arriver très vite sur le sol. Je vais me casser une jambe. Et avec le bébé, je ne suis pas sûre.

— Bébé ? répondirent-ils en chœur. Vous avoir bébé ventre ?

— Oui, de deux semaines. Et je n'ai pas envie de le perdre.

Nos deux amis s'écartèrent du petit groupe et se mirent à discuter de vive voix. L'environnement du hangar ne permettait pas de bien entendre la conversation qui était en russe. Mais Priska n'avait pas l'air content. Ogor gesticulait, faisait de grands signes, ce qui n'annonçait rien de bon.

— Que se passe-t-il, Priska ? Il y a un problème ? Nos deux amis revinrent près d'eux.

— Oui, problème dans tête nous. Nous pas vouloir faire mal bébé.

— Comment ça, "faire mal bébé" ?

Priska et Ogor se demandaient comment ils allaient pouvoir expliquer la situation. C'est Priska qui prit la parole :

— Nous changé parachutes vous pour écraser.

Ils étaient complètement abasourdis par ce que Priska venait de leur dire. Ils ne pouvaient pas revenir sur leurs pas sans prendre le risque de déclencher une mine. C'était une situation complètement ubuesque. Les bras leur en tombaient.

Albot avait raison : pourquoi ces deux soldats auraient-ils risqué leur vie et leur carrière pour de parfaits étrangers ? Comment avaient-ils pu se retrouver dans une pareille situation ? C'est Albot qui rompit la gêne qu'avait engendrée la réponse de Priska.

— Et maintenant, vous préférez nous abattre tout de suite, ou bien nous pousser sur une mine ?

— Nous pas avoir choix. Homme revenir et nous obliger.

— Comment vous a-t-il obligés ?

— Homme dire tuer nous et famille si pas faire.

— Comment a-t-il su que nous étions ici ? Et que vous nous aidiez ?

— Lui avoir espions partout.

— Et pourquoi avoir fait marche arrière ?

— Nous pas d'accord tuer garçon (désignant Albot). Et maintenant tuer bébé.

— Et qu'allez-vous faire de nous ?

— Vous prendre avion et partir Finlande et sauter.

Ils se regardèrent tous, se demandant si leur interlocuteur ne les prenait pas pour des imbéciles.

— Après tout ce que vous nous avez dit, vous pensez que nous pouvons encore vous faire confiance ?

— Vous choisir maintenant. Vous sortir base ou vous partir avion.

— Laissez-nous quelques minutes pour discuter.

— Vous pas beaucoup de temps, avion partir. Vous décider vite.

Nos quatre amis se regroupèrent à leur tour dans le coin du hangar afin de débattre de la décision à prendre.

— Alors ? Nous faisons quoi ?

— Honnêtement, je ne sais plus quoi penser. Je suis complètement perdu.

— Je pense que nous le sommes tous.

Le problème pour Mme Foxter était toujours d'actualité. Elle ne se sentait pas de sauter en parachute. Voira voulut rassurer tout le monde et Mme Foxter tout particulièrement :

— Il ne faut pas trop vous inquiéter. Je supervise vos combinaisons. Les *nanodes* pourront protéger le fœtus.

— Elles peuvent faire cela ?

— Et bien plus. Même si vous vous blessez, elles prendront la relève.

— Sans oublier que nous allons sûrement atterrir sur la neige, ajouta Albot.

— La question est de savoir si nous pouvons faire confiance à nos deux pieds nickelés.

— Je pense que s'ils avaient vraiment voulu nous tuer, ils l'auraient déjà fait ou bien ils nous auraient balancés de l'avion.

— Allons donc leur annoncer notre décision. Colmart était le porte-parole du petit groupe :

— Nous avons décidé de faire le grand saut.

— Bien, nous avons modifié parachutes pour vous bien descendre. Vous pas avoir problème maintenant.

Mme Foxter se demandait où ils allaient bien pouvoir être parachutés. Elle gardait un mauvais souvenir de la marche dans la neige sans raquettes. Et elle avait compris qu'un minimum de matériel de survie était capital. Elle ne put donc s'empêcher de leur demander :

— Nous souhaiterions avoir des raquettes pour nous déplacer une fois arrivés, et une tente et de la nourriture.

— Hum, possible, répondit Ogor. Autre chose ?

— Et un téléphone satellitaire, ajouta Sad.

— Ça plus difficile, besoin temps. Et avion pas attendre.

— Nous avons un contact en ville qui a l'air de pouvoir tout avoir. Il n'est pas très loin d'ici.

— Donner adresse et attendre ici. Voir pilote ami avion pour attendre un peu.

Une heure après, Priska revint la mine réjouie.

— Voilà téléphone. Lui dire pas traçable et pas problème pour utiliser.

— Exactement ce qu'il nous faut.

Priska et Ogor leur donnèrent un cours accéléré sur le fonctionnement du parachute. Cela paraissait simple sur la terre ferme, mais là-haut, cela risquerait d'être une autre histoire.

— On attend quoi ? Allez, go !

Ogor leur dit adieu dans le hangar et Priska les accompagna à l'avion. Dehors, la neige s'était remise à tomber, le tout accompagné de fortes bourrasques. On n'y voyait pas à trois mètres. Deux soldats, avec un chien, qui faisaient leur ronde s'approchèrent d'eux. Un des deux soldats parla à Priska. Mais celui-ci, nullement décontenancé, lança une boutade en russe, caressa le chien, lui donna un sucre qu'il avait dans sa poche. Il offrit une cigarette à un des gardes et lui laissa le paquet. Les deux soldats se mirent à rire. Le chien aboya, mais sans pour autant donner l'alerte. Et ils continuèrent leur ronde.

Le petit groupe se dirigea vers le tarmac où était parqué un gros transporteur en attente. Ils montèrent par l'arrière et Priska les attacha sur des sièges passagers assez sommaires. Et il donna ces consignes :

— Quand lumière rouge ici allumée, vous appuyer ici pour ouvrir arrière avion et sauter tous. Ne pas oublier prendre paquet avec matériel demandé. Vous allumer lumière attachée parachute pour voir vous et paquet.

— Merci Priska. Merci pour tout.

— Comment allez-vous faire avec la personne qui vous a demandé de nous faire disparaître ?

— Moi dire que vous découvert dans avion problème parachute. Ou dire moi pas comprendre problème.

Il sourit et fit un clin d'œil à Mme Foxter. Et il ajouta :

— Bonne chance vous, et moi quand venir Paris visite, vous payer vodka à Priska et Ogor.

— Pas un verre, mais une bouteille ! ajouta Colmart.

Les quatre moteurs du transporteur russe démarrèrent, et emplirent la carlingue d'un bruit qui empêchait tout dialogue audible. Albot demanda quand même :

— Dans combien de temps la lumière rouge s'allumera-t-elle ?

— Environ deux heures. Vous pouvoir dormir.

Il salua tout le monde et quitta le transporteur en appuyant sur le gros bouton vert qui fermait la porte arrière.

Les deux heures s'écoulèrent plus vite qu'ils ne l'auraient souhaité. Sad avait fait l'armée, et avait fait quelques sauts. Colmart quant à lui avait fait un baptême de parachute et n'en avait pas gardé un très bon souvenir. Quant à Mme Foxter et Albot, c'était leur baptême. Et ils ne se sentaient pas très rassurés.

Voira leur demanda de s'équiper des cagoules et des gants afin de passer en vision nocturne et d'éviter le froid quand ils seraient dans les airs. La lumière du gyrophare s'alluma, avec un bruit indiquant qu'il fallait y aller. Ils traînèrent des pieds, mais savaient qu'ils étaient allés trop loin pour faire marche arrière. Colmart appuya sur le bouton d'ouverture de la porte, laissant entrer le vent accompagné d'un bruit assourdissant.

— Sad, lance le paquet, et tu suivras. Albot et Helena, vous suivrez, et je fermerai la marche.

Ils sautèrent non sans une certaine appréhension que le parachute ne s'ouvre qu'une fois à leur arrivée au sol, ce qui rendit la descente interminable. Mais à mille mètres, les cinq parachutes s'ouvrirent. Les quatre amis et le paquet atterrirent tous dans un rayon de cinq cents mètres environ. La lumière attachée aux parachutes était facilement visible de nuit, ce qui leur permit de se repérer et de se rejoindre assez rapidement.

Ils récupèrent le paquet avec le matériel et s'équipèrent des raquettes puis sortirent les lampes de poche et la carte de la Finlande qu'Ogor leur avait trouvée.

— Apparemment, pas de casse, indiqua Colmart.

— Non, tous les capteurs sont au vert, précisa Voira.

— Génial, on prend quelle direction ?

— Nous devons nous diriger vers la ville la plus proche.

— D'après les coordonnées que je lis, nous ne sommes pas très loin de la ville de Hollola.

— Combien de kilomètres?

— Une dizaine.

— Mais nous sommes toujours habillés en uniformes russes. Nous ne pouvons pas nous balader ainsi.

— Nos vêtements sont dans le paquet.

— Heureusement que nous avons nos combinaisons. Car se déshabiller sous une température négative, cela ne m'aurait pas motivé.

Après s'être habillés avec leurs vêtements et avoir enseveli les uniformes et les parachutes sous la neige, nos amis se mirent en route. Un halo de lumière commença à apparaître au loin, une bonne heure après leur départ.

— Nous ne sommes plus très loin.

— Encore une petite heure, je pense, précisa Voira.

Ils arrivèrent sur une route avec très peu de trafic, où l'auto-stop n'avait pas l'air de fonctionner. Mais qui aurait pris quatre personnes en pleine nuit et en pleine nature ? Ils n'avaient donc pas d'autre option que de poursuivre leur chemin en raquettes. Mme Foxter se sentait fatiguée.

— Qu'est-ce que je donnerais pour un lit bien chaud et un repas tout aussi chaud.

— Il nous reste pas mal de dollars de la transaction de nos motoneiges. On a bien fait de demander des dollars plutôt que des roubles.

— J'espère que nous trouverons rapidement un hôtel.

Après avoir erré plus d'une heure dans la ville, ils finirent par tomber sur un hôtel-cottage. Celui-ci était pratiquement vide, et la personne de l'accueil leur demanda quel cottage ils souhaitaient avoir. La location valait une bouchée de pain en cette saison. Nos amis n'avaient aucun papier sur eux, et se demandèrent si cela n'allait pas poser un problème. Mais l'hôtesse leur donna la clé sans poser la moindre question. Décidément, la mentalité de la population du nord de l'Europe n'avait rien à voir avec celle du centre.

La jeune femme expliqua qu'il était trop tard pour leur préparer un repas, mais qu'il y avait une station-service en face de l'hôtel qui servait toute la nuit.

Les voyageurs étaient fatigués, mais ils avaient également très faim. L'hôtesse d'accueil les accompagna au cottage, et le leur fit visiter. C'était une sorte de maison en bois avec un étage, qui devait être louée à des familles pendant les vacances. Il y avait trois chambres dont deux à l'étage, deux salles d'eau, une cuisine et même un sauna. Nos amis posèrent rapidement leurs affaires et ressortirent pour dîner.

Dans la station-service, il y avait deux autres personnes qui devaient être des routiers. Le pompiste qui faisait également office de serveur et de cuisinier leur précisa dans un parfait anglais qu'à cette heure avancée de la nuit, le choix de la carte était assez limité. Chacun, par réflexe, regarda les plats qui n'avaient pas l'air trop mal des deux routiers en face d'eux.

— La même chose qu'eux, ça ira, commanda Mme Foxter. Ils profitèrent de l'attente pour faire le point sur la situation.

— Il est tard, on devrait peut-être se reposer ? proposa Sad.

— Vous avez raison, je suis crevée, et la nuit porte conseil, répondit Mme Foxter. Une douche et un bon lit, c'est tout ce que je demande pour le moment. Nous aviserons demain matin au petit-déjeuner.

— Et n'oublions pas que nous avons le téléphone satellitaire, ajouta Colmart. Demain on téléphonera à mon patron afin qu'il nous trouve une solution pour rentrer en France.

Une fois le repas terminé, le groupe quitta la station-service où la neige commençait à tomber abondamment.

— Heureusement que la neige ne se met à tomber que maintenant et pas quand nous avons sauté de l'avion. Nous aurions eu plus de difficulté pour nous retrouver et nous déplacer.

— Pour une fois que nous avons de la chance !

Et ils entrèrent dans leur cottage.

CHAPITRE XXV : Départ précipité

La nuit leur fut très profitable, ils ne se réveillèrent qu'aux alentours de midi. Ils mouraient de faim, et leurs ventres criaient famine. L'hôtesse les accueillit avec toujours ce même large sourire, elle leur proposa un déjeuner traditionnel finlandais. Ils ne connaissaient pas grand-chose en cuisine finlandaise.

Colmart aurait préféré un énorme steak bien saignant avec des frites bien huileuses, le tout accompagné d'un bon verre de vin. Mais il préféra s'abstenir de tout commentaire, afin d'éviter que Mme Foxter ne lui fasse une désagréable remarque sur son alimentation.

La carte qui était sur la table était écrite en finlandais, agrémentée de photos qui ne mettaient pas en valeur les plats. Colmart finit par faire appel à la serveuse, qui parlait dans un anglais assez approximatif, ce qui était assez étonnant pour le pays. La serveuse essaya tant bien que mal de traduire la carte, mais cela restait incompréhensible.

De ce qu'ils avaient compris grâce à la traduction de Voira, il s'agissait d'une sorte de gratin de harengs de la Baltique ou, au choix, du renne, une crêpe épaisse au four, du pain appelé *setuuri*. En dessert, ils eurent un gâteau nommé *bostonkakku*, et, en boisson, elle leur proposa du *glövi*, ce qui s'apparentait à un vin chaud aux fruits.

Le repas, de très bonne qualité, fut servi et avalé assez rapidement. Les hôtes se sentirent rassasiés et reposés.

— Alors, et maintenant, nous faisons quoi ? redemanda Sad.

— Je vais téléphoner à notre supérieur hiérarchique, afin de voir comment il peut nous faire sortir d'ici, répondit Colmart.

— On va perdre trop de temps, j'appelle directement quelqu'un au-dessus, cela ira plus vite.

— Ah oui, j'oubliais que vous aviez vos passe-droits, madame Foxter.

— Je pense que l'heure n'est pas à la susceptibilité, Colmart. Nous devons aller au plus vite à Descendance. Avant qu'il ne soit trop tard. Il y a énormément de vies humaines en jeu.

— Excusez-moi, vous avez raison.

Colmart sortit le téléphone de sa poche et le tendit à Mme Foxter :

— Je vous laisse faire, alors.

Le téléphone était assez imposant, avec une grosse antenne qui se déplia, mais il était loin d'être aussi rudimentaire qu'ils auraient pu l'imaginer. Décidément, ils n'étaient pas au bout de leurs surprises avec ce receleur russe. Il ne devait pas être si malhonnête que cela.

Mme Foxter s'écarta de la table afin de composer le numéro de son contact au gouvernement. La discussion dura une bonne quinzaine de minutes. Quand elle revint à sa place, sa mine n'envoyait pas un signal positif en leur direction.

— Que se passe-t-il ? Vous avez la tête de quelqu'un qui a une mauvaise nouvelle à annoncer. Il y a une nouvelle éruption du volcan Eyjaf… machin bidule ? Je n'arrive jamais à le dire.

Mme Foxter sourit péniblement.

— Vous voulez sûrement parler du Eyjafjallajökull, je suppose ?

— Oui, c'est ça. À vos souhaits.

Elle préféra ne pas surenchérir à la plaisanterie, car la nouvelle que son contact lui avait annoncée l'avait complètement chamboulée.

— Ils envoient un hélicoptère nous chercher ce soir. Il y a une base de l'ONU pas très loin d'Helsinki.

— Il y a une base militaire de l'ONU en Finlande ?

— Apparemment, oui !

— Eh bien? C'est génial! Pourquoi cette tête?

— Nous sommes recherchés pour enlèvement, meurtre et attentat à la bombe.

Sad, Colmart et Albot restèrent bouche bée. La serveuse qui était venue débarrasser les assiettes fut elle-même surprise par leurs têtes.

— Comment ça, recherchés ?

— Notre disparition de l'hôpital concorde avec les explosions qui ont eu lieu au même moment autour de l'établissement. Et les médias sont sûrement manipulés, on nous a tout collé sur le dos.

— Et de quels enlèvements et meurtres parlent-ils?

— De l'enlèvement d'Albot et du meurtre d'un gardien de l'hôpital qui était en charge de la vidéosurveillance. Un second étant dans le coma.

— Mais c'est du grand n'importe quoi ! Et personne n'a pris notre défense?

— D'après les médias, vous seriez deux policiers ripoux qui auraient enlevé Albot pour récupérer des technologies de son défunt père. Et moi une espionne à la solde d'une puissance étrangère.

— Super, nous voilà recherchés par Interpol, je suppose ?

Albot avait dit cette dernière phrase en l'air. Mais le silence qui suivit le mit mal à l'aise.

— Non, sans déconner ? Nous sommes recherchés par Interpol ?

— Si c'est le cas, jamais l'ONU ne nous sortira de là. Je m'attendrais plutôt à la visite de la police ou à une intervention équivalente au GIGN finlandais.

— Vous voulez faire quoi ? Attendre qu'ils viennent nous récupérer ce soir?

— Ou nous descendre, termina Albot.

Nos amis avaient l'impression de tomber de Charybde en Scylla.

Ils comprenaient mieux la tête de Mme Foxter. Colmart voulut en savoir plus :

— Mme Foxter, votre contact est-il digne de confiance ?

— Je mettrais ma vie entre ses mains.

Alors, pourquoi vous informer de tout ce qui nous est reproché et ensuite vous dire qu'il va nous faire évacuer par l'ONU ? Il y a un non-sens ! Ou bien alors, c'est un message qu'il voulait vous faire passer. Il doit sûrement se sentir surveillé ou sur écoute. Et ne pouvait pas parler librement.

— Un message pour dire quoi ?

— Je pense : fuyez ! termina une fois de plus Albot.

Colmart en était arrivé à la même conclusion, il fallait partir au plus vite. Ils connaissaient maintenant leur localisation et il ne pensait pas qu'ils allaient attendre le soir pour débarquer.

— Nous devons nous tirer rapidement d'ici.

— Nous devons nous trouver un moyen de transport sans attirer l'attention.

— Il y a sûrement un loueur de voitures dans le coin.

— Et comment louer un véhicule sans aucun papier d'identité ni carte de crédit ?

— Vous êtes trop défaitiste, plaisanta Colmart.

— Et vous, trop inconscient, répondit Mme Foxter. Arrêtons nos chamailleries et réfléchissons à une solution.

— Nous pourrions essayer de nous faire prendre en stop par un camionneur ?

— Toi, camionneur, tu prendrais deux types, une femme et un ado en stop dans ta cabine ?

— Dit comme ça, je ne pense pas.

— De toute façon, il n'aurait pas assez de place.

— Essayons de trouver un loueur de voitures dans ce patelin. Cela doit bien exister ?

Après une petite demi-heure de recherches dans le centre-ville et aux alentours, ils n'avaient trouvé aucun loueur de voitures, mais ils tombèrent sur un concessionnaire automobile.

— Mince, il est fermé pour les fêtes. Il n'ouvre que la semaine prochaine.

— Tu pensais en acheter une, avec les deux cents dollars qu'il nous reste ?

Ils se regardèrent, et ne purent cette fois-ci s'empêcher de sourire.

— Mais c'est encore bien mieux, s'exclama Albot.

— Comment ça ?

— On tire une bagnole et pas de trace. Et cela m'étonnerait énormément qu'il ait peur de se faire voler quoique ce soit ici. Il ne doit même pas avoir d'alarme dans le magasin.

— Je ne parierais pas là-dessus. Je vais donc quand même faire le nécessaire. Je coupe l'arrivée du téléphone au cas où il y aurait une téléalarme.

Sad fit le tour du bâtiment pour essayer de trouver l'arrivée télécoms du bâtiment. Au bout de dix bonnes minutes, il finit par tomber sur une boîte blanche avec un téléphone dessiné dessus. Il l'ouvrit et arracha les fils d'arrivée télécoms.

Les fuyards trouvèrent également facilement comment entrer dans le magasin. Une des portes arrière avait une simple serrure. Colmart, qui avait suivi un entraînement particulier dans la police sur le sujet, ne mit que quelques secondes à l'ouvrir. Une fois à l'intérieur, quelques minutes de recherches dans les différents tiroirs leur permirent de trouver les clés et les papiers des différents véhicules.

— On prend quoi ? demanda Sad.

— Un quatre-quatre, à cause des routes enneigées, répondit Colmart.

— Et quelle direction prenons-nous ?

— Helsinki, répondit Mme Foxter. Mais d'abord, retournons au cottage pour récupérer nos affaires.

Le concessionnaire n'était qu'à trois pâtés de maisons de leur cottage. Nos amis y furent en moins de cinq minutes. Sad, qui conduisait le quatre-quatre, se proposa d'aller faire le plein d'essence pendant que Colmart irait régler la note du cottage, et que Mme Foxter et Albot iraient récupérer les affaires.

— Je fais le plein et je vous prends devant le cottage. Et ne traînez pas en route.

Chacun partit dans la direction qui lui était destinée. Colmart entra dans le local d'accueil et appuya sur la petite sonnette qui était sur le comptoir pour appeler l'hôtesse. Il attendit une bonne minute, mais personne ne vint. Il ne pouvait pas attendre indéfiniment, il fallait qu'ils quittent le plus vite possible cet endroit. Après avoir sonné deux fois de plus et attendu deux fois plus longtemps, il consulta le tableau des prix qui étaient affichés. Il laissa la somme nécessaire, accompagnée d'un petit pourboire, et d'un petit mot indiquant le numéro du cottage.

En sortant de l'accueil, il fut accueilli par un fort vent et par la neige qui s'était remise à tomber. Un vent moins fort cependant que celui de la nuit où la tente s'était envolée. À la pensée de cet épisode, il se rappela la mort atroce de Traska. Comment des êtres humains pouvaient-ils ainsi tuer sans aucun motif et sans aucune raison d'autres humains ? Décidément, il ne comprendrait jamais la nature humaine.

Il n'était plus qu'à dix mètres du cottage quand il aperçut des ombres aux fenêtres. Il continua d'avancer dans cette neige qui commençait à devenir lourde à chacun de ses pas. Il était dans ses pensées quand il s'arrêta net. Il y avait des ombres, mais le nombre d'ombres ne correspondait pas à celui attendu… Quelque chose clochait.

Il contourna le cottage par le côté et s'approcha de la fenêtre de la cuisine. Et ce qu'il vit le glaça.

Il y avait Albot et Mme Foxter assis sur le canapé, avec l'hôtesse d'accueil qui était dos à la cheminée. Un des deux hommes regardait par la fenêtre qui était près de la porte d'entrée. Et le second pointait son arme sur Albot. Ils devaient sûrement les attendre. Colmart avait laissé son arme ramenée de Russie dans sa chambre. À part envoyer des boules de neige, il ne voyait pas quoi faire.

Voira, qui était restée bien silencieuse jusque-là, contacta Colmart.

— Vous m'entendez, monsieur Colmart ?

— Oui, Voira ! Je suis près de la fenêtre de la cuisine, je vois ce qui se passe. Une petite idée pour vous faire sortir de là ?

— Pas pour le moment, mais le temps presse.

— Il me vient une idée. Demandez à Albot d'aller aux toilettes afin qu'il puisse m'ouvrir la fenêtre.

— Et ensuite ?

— Faites-moi entrer. Et je verrai.

Albot, tout comme Mme Foxter, avait suivi la discussion entre Voira et Colmart.

— Monsieur, est-ce que je pourrais aller aux toilettes ? demanda-t-il.

Le tueur le plus proche le regarda d'un air dédaigneux et répondit non de la tête. Albot insista à plusieurs reprises mais le tueur ne voulut rien savoir. C'était raté pour Colmart.

— Mais que veulent-ils ? demanda Colmart à Voira.

— Ils attendent un groupe qui ne devrait pas tarder à les rejoindre. Et quand il sera ici, il sera trop tard.

— Ce sont nos tueurs ?

— Apparemment, non. Ils veulent vous avoir tous les quatre vivants.

— C'est nouveau ça !

— Je ne pense pas que ce soient vos poursuivants habituels. Ceux-là n'ont pas de combinaison. Je n'arrive pas à déterminer qui ils sont. Et Sad, il est où ?

— Il est passé récupérer nos affaires pour les charger dans la voiture. Et il nous attend devant la pompe à essence. Il voulait prendre une carte routière et je ne sais pas quoi d'autre.

— J'ai peut-être une solution, mais il y a un risque, expliqua Voira.

— Développe, Voira, et connecte-nous tous pour que nous puissions entendre.

Colmart rejoignit Sad à la station-service, il faisait les cent pas devant la voiture.

— Je commençais à m'inquiéter. Ils sont où, les deux autres ?
Colmart expliqua à Sad la situation.

— Merde, et tu crois que ça va marcher ?

— Voira pense que oui, mais pas à cent pour cent. Cela n'a jamais été tenté. Elle pense que oui, suite à ton aventure dans le tunnel avec le maître. Préparons-nous à partir dès qu'ils arrivent.

— Tu vas où ?

— Je vais vérifier quelque chose dans le resto.

Sad se mit au volant, fit démarrer la voiture pour être prêt à partir. Colmart entra dans la station-service et regarda vers la table où ils avaient dîné la veille. Il y avait deux routiers qui dînaient à cette même table, aux places de Sad et Colmart. À ce même instant, Mme Foxter et Albot apparurent assis à côté des deux routiers. Ces derniers faillirent avoir un arrêt cardiaque ! Et la serveuse en renversa sa cafetière remplie de café. Ils pourraient raconter cette mésaventure à qui voulait l'entendre, qui serait susceptible de les croire ?

Ils se collèrent contre le mur comme si les deux nouveaux arrivants étaient des revenants. Nos trois amis sortirent de la station-service aussi vite que possible. Leurs jambes flageolaient, mais Mme Foxter et Albot étaient toujours en vie. Ils s'effondrèrent à l'arrière de la voiture sans dire un mot.

— Démarre, Sad ! Appuie sur le champignon !

La voiture partit en trombe, dans un léger mouvement de glissade dû à la neige.

— Bien joué, Voira, mais il va falloir que tu nous expliques.

CHAPITRE XXVI : Voyage retour

La route vers Helsinki était bien blanche, et le chasse-neige n'était apparemment pas passé. Ne voulant pas attirer l'attention sur eux, le groupe ne tarda pas à réduire sa vitesse afin d'être plus en harmonie avec les limitations du pays. De plus, rouler sur la neige et la glace n'était pas le point fort de Sad ni de Colmart.

Ce dernier finit par demander à Voira d'expliquer ce fameux miracle :

— Quand je disais que c'était la première fois que ce genre de portation se faisait, je le pensais réellement. Bien que le terme "penser" ne soit pas le meilleur à employer pour une machine. Normalement, il est impossible de porter deux personnes simultanément. Il faut compter sur une énergie considérable pour faire ce genre d'opération. Mais réalisant que la distance était inférieure au kilomètre, j'ai estimé que cela pouvait être possible. Bien qu'en contrepartie, l'énergie de la combinaison d'Albot en fût considérablement diminuée, cela restait faisable.

— C'est pour cela qu'il s'est effondré dès qu'il a été à bord, et qu'il dort depuis que nous sommes partis ?

— Sans aucun doute. Pour lui, cela correspond à un trajet de plusieurs milliers de kilomètres, en termes de portation. Sa combinaison aurait été incapable de supporter cette charge sans l'aide du cristal. Faisant partie de lui, j'ai pu modéliser l'équation permettant de procéder au transfert de deux individus. Je commence seulement maintenant à pouvoir entrer dans le logarithme du cristal. Il ne me laisse entrer qu'avec parcimonie, comme s'il était capable d'opérer sa propre analyse.

— Et que se serait-il passé, si tu t'étais trompée? Ou si le lieu ou l'espace d'arrivée était déjà occupé?

— Si l'espace est occupé par un matériau naturel, par un objet ou par un être humain, la réponse est en général la mort. On assiste alors à une fusion moléculaire instantanée. Mais lors de ce transfert, j'ai réussi à faire une projection de quelques attosecondes.

— "Attosecondes"? C'est quoi ce truc?

— C'est l'unité de mesure quantique. Comme je vous l'ai déjà expliqué dans la base, je suis un ordinateur quantique. Comme je vous le disais, lors de ce transfert, ma projection était en avance de quelque cinq attosecondes.

— Et cela vous avance à quoi, d'être championne de vitesse aux Jeux olympiques?

— Je suppose que c'est de l'humour humain ? Pour répondre à votre question, cela permettrait de se décaler dans l'espace d'arrivée, afin d'éviter la fusion moléculaire. Voire, si je pousse ma logique, de réaliser une préportation quantique, avant de procéder à la portation réelle. Et d'éviter ainsi la mort de la personne.

— C'est génial! Mais je suppose qu'il y a un si?

— Exact! Il faut que la personne ait un ordinateur quantique dans le cerveau et un cristal, comme Albot.

— Deux choses qui rendent Albot unique, précisa Sad.

— Ne le lui dites pas à son réveil, sous peine qu'il attrape la grosse tête, ajouta Colmart.

Voira avait fini son monologue technologique, et se demandait si ces humains avaient la capacité de comprendre son explication.

— Je n'ai pas tout compris, avoua Colmart. Et toi, Sad, ne fais pas semblant d'avoir tout compris !

— Pour être tout à fait transparent avec toi, j'ai arrêté de suivre assez rapidement. Il me faut de l'aspirine. Est-ce qu'il y a un livre *Pour les nuls* qui traite du sujet ?

— Et vous, madame Foxter ?

Mais Mme Foxter, qui avait écouté les explications de Voira, avait fini par s'endormir, la tête bien remplie.

Les deux heures de voiture pour arriver à Helsinki passèrent assez rapidement. À mi-chemin, ils avaient été survolés par deux gros hélicoptères et avaient croisé plusieurs véhicules de police. Ils avaient apparemment bien fait de partir.

Après avoir déposé la voiture dans le parking de l'aéroport, ils se dirigèrent vers les comptoirs d'enregistrement.

— Je ne comprends pas ce que nous foutons ici Albot. Vous m'avez demandé de venir ici, mais je n'en comprends toujours pas la raison.

— Nous n'avons pas assez d'argent pour prendre quatre billets, et pas de papiers d'identité pour passer la douane. Voira a une idée, mais il faut qu'elle essaie quelque chose avant. Nous devons trouver un endroit où nous pourrons avoir accès à l'Internet de l'aéroport. Ici c'est parfait, on s'assoit et on prend tranquillement un café avec une délicieuse pâtisserie finlandaise.

— Tu as l'air de prendre ça plutôt à la légère, Albot ?

— Disons que je commence à mieux appréhender certaines choses et à m'habituer à Voira.

— Comment cela ?

— Eh bien, dans la voiture, pendant que je dormais, mon cerveau s'est connecté à une partie de Voira. Elle m'en a demandé la permission, car il y avait un important risque de lésion et de destruction neuronale.

— Mais tu es fou, mon garçon !

— Il faut que je vive avec, alors autant m'en accommoder. Et le résultat est que je suis capable maintenant de communiquer avec elle en direct, sans passer par le vocal. Tout n'est pas encore parfait, car je suis obligé de me concentrer et cela me donne une forte migraine.

— Et vous voulez faire quoi ?

Sans papiers et sans argent, il ne reste que le piratage informatique. Et avec un ordinateur quantique à nos côtés, pourquoi s'en priver ? Détendez-vous, et je vous explique tout dans quelques minutes. Je ne veux pas vous donner de faux espoirs.

Une petite heure passa, les quatre amis attendirent patiemment le verdict de Voira. Celle-ci intervint cette fois-ci par elle-même et non pas par la voix d'Albot.

— J'ai réussi à passer les différents pares-feux de leur sécurité informatique. J'ai affrété un jet privé pour nous emmener à l'aéroport de Toulouse-Blagnac.

— C'est le jet de qui ? Il ne va pas s'en apercevoir ?

— C'est le jet d'un milliardaire égocentrique américain qui est arrivé hier et qui repart après les fêtes de fin d'année. J'ai préparé et transmis le plan de vol au pilote et aux aiguilleurs du ciel. Il y a une hôtesse qui nous prendra en charge porte sept, à vingt-trois heures. Elle nous emmènera directement à l'avion qui est sur le tarmac, sans passer par tout le processus habituel. Sans oublier que vous avez toujours vos armes sur vous !

— Mince, on a complètement oublié de s'en débarrasser.

— Ce n'est peut-être pas plus mal de les avoir encore avec nous. On n'est pas encore arrivés à destination.

— On se présente sous quelle identité, à l'hôtesse ? Il faut bien lui fournir un document ou une pièce d'identité quelconque ?

— Ce qui est bien, avec les milliardaires, c'est que certains sont tellement imbus de leur personne qu'ils ne supportent pas de devoir justifier ce qui n'a pas besoin de l'être, car cela leur appartient. Et d'après Internet, le milliardaire à qui nous empruntons le jet fait partie de cette catégorie-là. Il est dépeint comme quelqu'un qui ne parle pas aux simples mortels. Il se croit au-dessus des lois et n'aime pas justifier ses choix et ses actes. Je pense que l'hôtesse et le pilote ne vont pas être très bavards. Ils ont reçu des instructions et sont payés pour les exécuter.

Nos quatre amis ne furent qu'à moitié convaincus par le petit laïus de Voira, mais ils espéraient qu'elle avait fait le bon choix, sinon ils iraient tout droit dormir en prison.

Ils avaient pris place dans le jet et étaient maintenant confortablement assis, ils n'en revenaient pas. La chance allait-elle enfin tourner ?

— Eh bien, Voira, tu m'as bluffé.

— Je n'arrive pas à croire que nous allons enfin pouvoir rentrer chez nous !

L'hôtesse était effectivement présente et les attendait porte sept. Elle ne posa aucune question et les emmena directement au jet, grâce à son laissez-passer. Elle avait sûrement l'habitude de travailler pour ces milliardaires qui ne supportent pas de parler au petit personnel.

C'était un jet Falcon de Dassault de la dernière génération. Ils montèrent à bord, non sans hésitation. Mais une fois dedans, ils furent tous ébahis par autant de luxe. Entre les sièges en cuir immaculés blancs et les tables en bois laqué, il aurait été difficile de faire la fine bouche. Ils en eurent plein les yeux.

Le commandant de bord leur signala que le vol durerait environ quatre heures trente, et que des collations étaient à leur disposition. L'hôtesse leur apporta un repas et se mit en quatre pour exaucer le moindre de leurs souhaits pendant toute la durée du vol.

Chacun s'endormit. Bercés par le ronronnement des réacteurs de l'avion, ils se sentaient enfin en sécurité. Il n'y avait décidément rien de tel que la vie de milliardaire. Ils remercièrent le commandant de bord et l'hôtesse pour l'excellent voyage qu'ils avaient effectué.

Et surprise ! Aucun comité d'accueil ne les attendait à leur descente d'avion. L'hôtesse les accompagna jusqu'à la porte de sortie, de façon à éviter qu'ils soient importunés.

— Cela fait du bien de faire un voyage normal, sans se faire tirer dessus, sans être téléportés, sans sauter en parachute.

Sad, Colmart et Mme Foxter ne purent retenir un sourire à la plaisanterie d'Albot.

— Il faut maintenant trouver un véhicule pour que nous puissions rejoindre Descendance.

— C'est loin de l'aéroport, Mme Foxter? demanda Albot.

— À environ deux petites heures.

Ils étaient exténués par toutes leurs péripéties et ces morts qui les suivaient. La seule chose qu'ils désiraient, c'était que cela se termine. Et Descendance était pour eux la meilleure destination pour cela. Ils voulaient penser qu'une fois là-bas ils seraient en sécurité, que plus rien ne pourrait les atteindre. Tout du moins pendant un certain temps. Ils avaient besoin de se ressourcer, de reprendre des forces, de pouvoir dormir sur leurs deux oreilles… sans être constamment sur leurs gardes.

C'est à ce moment-là que Mme Foxter reconnut Pierre Dulmon, qui était le responsable de l'intendance à Descendance.

— Pierre ! Que faites-vous ici ?

— Helena! Quel plaisir de vous voir saine et sauve. Les informations qui paraissent dans la presse vous décrivent comme une sorte d'espionne industrielle. Une sorte de Mata Hari du XXIe siècle. Ils s'embrassèrent comme de vieux amis qui ne s'étaient pas vus depuis de longues années. Et Pierre lui expliqua sa présence à l'aéroport:

— Je viens chercher trois nouveaux adolescents qui intègrent notre communauté. Ils devaient arriver hier soir, mais suite à un empêchement de dernière minute, le voyage a été reporté à aujourd'hui.

— Et toi, tu ne me présentes pas tes amis?

— Oui, bien sûr. Je te présente l'inspecteur Colmart et son adjoint, l'officier Sad. Et ce jeune homme est le fils de Jonathan et Orléa Coldi.

— Non, ce n'est pas vrai ? C'est Albot ? Mes sincères condoléances, mon garçon, pour la disparition de tes parents et de ta sœur.

— Merci, monsieur.

Albot avait l'impression que cela faisait maintenant une éternité que cet événement s'était produit.

Les haut-parleurs de l'aéroport crachotèrent un message à peine audible à l'intention de M. Pierre Dulmon : le message signalant que trois enfants l'attendaient porte deux.

— Attendez-moi ici, je reviens dans deux minutes. Je suis venu avec le minivan de l'établissement. Nous pourrons voyager ensemble et vous me raconterez votre histoire en chemin.

Mme Foxter n'avait toutefois nullement envie d'entrer dans les détails de leur parcours. D'autant plus que ce Pierre était un gentil garçon, mais une vraie pipelette. Si par malheur elle venait à lui raconter tout ce qui leur était arrivé, elle était certaine que même les Martiens en seraient informés dès le lendemain.

Elle limita les explications au strict minimum, et se retrancha derrière la nécessité d'en parler d'abord au directeur Ziegler. Pierre comprit, et arrêta immédiatement d'en parler.

Le minivan était assez spacieux pour accueillir les huit personnes à son bord. Le trajet pour rejoindre Descendance parut durer une éternité. Et les trois adolescents que Pierre était allé chercher n'avaient pas décroché un mot de tout le voyage. Ils ne s'étaient pas présentés, et n'avaient pas eu la politesse d'adresser un simple bonjour. Apparemment, ils vivaient très mal le fait de se retrouver dans un orphelinat.

Après avoir traversé une forêt assez dense, ils entamèrent la montée d'une colline. Descendance se trouvait tout en haut de cette colline, qui donnait sur une énorme falaise. L'entrée principale ressemblait à un château avec son pont-levis, passant au-dessus d'une énorme fosse. Ils traversèrent ce pont-levis suivi de l'énorme porte qui donnait sur une cour.

Une fois le véhicule arrêté, les passagers descendirent les uns après les autres. Mme Foxter sortit en dernier. Un vieux monsieur vint à leur rencontre :

— Helena, comment est-ce possible ?

— Monsieur Ziegler. Quelle joie de vous revoir !

C'est alors que deux hommes apparurent dans la cour, à une dizaine de mètres de leur position, pointant leurs armes dans leur direction. Sad se précipita par réflexe sur eux, dans l'espoir de s'interposer entre eux et Albot. Et sans dire un mot, un des deux hommes appuya sur la gâchette. Sad s'effondra immédiatement. Albot ne put s'empêcher de penser :

— Nous arrivons trop tard.

Table des matières